リズム／ゴールド・フィッシュ

森 絵都

角川文庫
21444

目次

リズム

1

ふたつのわが家

二年三組　藤井さゆき

あたしには、わが家が、ふたつ、あります。

ひとつは、パパとママとおねえちゃんがいる、ほんもののおうち。

もうひとつは、しんちゃんと、たかしくんと、おじちゃんとおばちゃんがすんでます。

しんちゃんのおうちは、しんせきです。おんなじ町にいるから、とってもなかよしです。みょうじも、おんなじ、藤井。あたしとおねえちゃんは、「だい二のわが家」とか、「藤井家パートツー」とか、よんでる。

しんちゃんのかぞくと、あたしのかぞくは、ときどき、よく、いっしょにりょこうにいったり、パーティーをします。

とってもたのしいです。

たかしくんはもうちゅーがく三年生だから、あんまりあそんでくれない。でも、しんちゃんは、ちゅーがく一年生でも、いっぱいあそんでくれます。

おねえちゃんは、「たかしくんはまじめだけど、しんちゃんは、わるがき」っていいます。

しんちゃんは、すぐにけんかをして、かちます。だから「わるがき」なのかな。でも、しんちゃんは、いじめられっこのテツを、よく、たすけます。

テツっていうのは、うちのクラスのやす田てつやのこと。テツはなきむしだからきらい。

あたしはしょーらい、しんちゃんのおよめさんになります。


夏休み最後の日。空色のリボンを探して、机をごそごそあさっていたら、引きだしの奥からなつかしいものが出てきた。

ずっと前に書いた作文。二年三組ってあるから、五年前のやつだ。

読みかえして、ひとりでクスクス笑った。

『ふたつのわが家』って題なのに、いつのまにか真《しん》ちゃんの話になっているところがおかしい。

真ちゃんにも見せてあげよう。あたしはその作文をたたんでジーンズのポケットに押しこみ、窓の外へ目をやった。

快晴。四角い窓からはみだしそうな青空だ。

今日はこれから真ちゃんに、バイクで海に連れていってもらうことになっている。これは前からの約束だった。

毎年、八月三十一日は、あたしにとって宿題の日。それまで忘れたふりをしていた夏休みの課題を、いやがおうでも思いだしてあわてふためくはめになる。これは小一のころからの習慣だった。

それでも、小学生のころは工作だとか自由研究だとか、遊びか勉強かわからないような宿題もまざっていたから、まだよかったけど。

とくに工作は好きだった。あたしは『ひらたくした紙粘土に貝殻をペタペタくっつけた壁かけ』とか、『まるくした紙粘土にベタベタ色を塗ったお皿』とか、ろくなものは作らなかったけど、それでもなにかを作るのって、なんとなく、夢があったもの。

年をとるごとに夢はすりへっていくと言うけれど、たしかに中学へ入ったとたん、工作という夢のある宿題は消えて、残ったのはシビアな数学や国語ばかり。

深く絶望したあたしは、

「どうせ終わらないんだったら、いっそのこと、なんにもしないほうがいいような気がする。ハンパはいけないよね、ハンパは」

と、まだ夏休みがはじまらないうちから開きなおっていた。

そんなとき、真ちゃんが思いがけないことを言ったのだ。

「八月の三十日までにぜんぶかたづけてみな。そしたら三十一日は海に連れてってやるよ、バイト休んで」

このひとことの威力はすごかった。

多少キタナイ手は使ったものの、あたしはどうにか昨日までに宿題を終わらせることができた。

真ちゃんと海に感謝しよう。

階段をおりて食卓へ行くと、ママとお姉ちゃんがちょっと遅めの朝ごはんを食べていた。

白いごはんとハムエッグとおみそ汁。それらのお皿とならんで、お姉ちゃんの前には分厚い参考書がドンとある。

「ママ、あたしのリボン知らない？　空色のやつ」

「洗面所の棚にあったわよ」

「あ、そっか」

あたしは洗面所へ走った。

リボンを片手にもどってくると、お姉ちゃんが参考書からちらりと目をあげた。

「どっか行くの？」

「うん、真ちゃんち」

「また？」

「そう、今日はバイ……」

バイクで海に連れていってもらうの、と言いかけて、あわてて口をふさいだ。そんなこと言ったら大変だ。あぶないからやめなさい、のひとことですべてがパーになる。

「今日はバイト休みなんだって、真ちゃん」

なんとかごまかすと、お姉ちゃんはろこつにいやな顔をして、

「ふうん。平日にバイト休んで遊んでられるなんて、いいご身分だね」

「平日だから休めるんじゃない？　土、日のほうが忙しいみたいよ」

「バイト生活自体、お気楽でいいねって言ってるの。さゆきもさ、真ちゃんみたいなのとばっかり遊んでないで、ちょっとは勉強もしなよ」

「したよ、宿題。昨日までにぜんぶ終わらせたんだから」

「私が言ってるのは予習とか復習とか、受験対策とかのこと。あんた、宿題以外の勉

強なんてしたことないでしょ」

痛いところをつかれたあたしがだまりこむと、お姉ちゃんは勝ちほこった顔でおみそ汁をすすり、テーブルの参考書にむきなおった。

現在中学三年生のお姉ちゃんは、小学生のころ、猛烈に勉強して入った私立の中学校に通っている。その名も「麗神学園《れいじん》」。このへんではかなり有名なところ。合格発表の日には小学校の校長先生から祝電が届いたほどだったけど、その名門中学に入学して一ヶ月もたたないうちから、お姉ちゃんはまた猛烈に受験勉強をはじめた。もっといい高校をめざすんだって。

ちなみに、あたしは今年、だれにでも入れる近所の若菜《わかな》中学校に入学した。

若菜中学校のいいところは、なんといっても、制服がかわいいところだ。風が吹くたびに襟がはためくセーラー服を着るのを、あたしは小学生のころからずっと楽しみにしていた。着ているものさえかわいければ、人間、だいたい明るい気分で生きていけると思う。

麗神学園の制服はねずみ色のブレザー。どんなに暗い毎日だろう。

一心不乱に数学の問題を解いているお姉ちゃんに背をむけて、あたしは台所へ移動した。

冷蔵庫から100%オレンジジュースをとりだし、コップにそそぐ。

一気にごくごく飲んでいると、

「さゆき」

スリッパの音を響かせてママが来た。

「真ちゃん、高志《たかし》くんのこと、なにも言ってなかった？」

「高志くん？」

「今ね、帰ってきてるみたいなのよ。大学の夏休みで」

高志くんは真ちゃんのお兄ちゃん。ひとり暮らしをしながら東京の有名な大学に通っている高志くんと、高校に行かず、となり町のガソリンスタンドで働いている真ちゃんとでは、ずいぶんとまわりからの評価がちがう。

もちろん、あたしの評価では、断然、ガソリンスタンドのつなぎのほうがかっこいい。

「ねえ、さゆき。真ちゃんちに行くのはいいけど、今日は真ちゃんじゃなくて高志くんに勉強でも教えてもらったら？」

突然、ママが猫なで声でおそろしいことを言いだした。

「え」

「せっかく帰って、家にいるんだもの。高志くんならいい家庭教師になってくれるわよ。ね、そうしなさい」

「そうしたいのはやまやまだけど……」

引きつった笑みをうかべつつ、あたしは逃げの態勢に入った。

「でも、今日はいい天気だから、勉強なんかしたらバチがあたりそう」

空色のリボンをポニーテールにきゅんとむすんで、景気よく玄関のドアをめざす。

「行ってくるね」

「もう！」

背中からママの声。

「朝ごはんは？」

「いらない。さっきパンかじったから」

「早く帰ってくるのよ」

「努力します」

玄関のドアを開けると、まばゆい夏の光線とともに飛びこんできた風が、あたしのポニーテールをさわさわとゆらした。

ママには悪いけど、あたし、今はいい高校よりも海に行きたい。

真ちゃんの家までは歩いて十分。軽く走れば五分で着く。

あたしはいつも軽く走っていく。

甘い匂いがただよう駄菓子屋さん。三年前、町内にはじめてできたコンビニエンス・ストア。いまどき貴重な円筒形の郵便ポスト――の順で通りすぎ、三本めの曲がり角を右へ。

真ちゃんの顔を思いうかべながらせっせと走る。

武田クリーニングを左に曲がると、やっと見えてくる第二のわが家。年季の入った木造の外壁に、あせたブルーの屋根。もう古いから見た目はおんぼろだけど、昔の造りなので柱がしっかりしていて、おまけに広い。お客さんが十人くらい泊まりにきてもこまらないくらい広い。

それなのに真ちゃんは、その大きな家を無視して、家の庭にぽつんとたたずむちっぽけなプレハブで暮らしている。

そのプレハブはもともと真ちゃんのおじいちゃんが建てたものらしい。まだあたしが生まれてなかったころだけど、習字の先生をしていたおじいちゃんは、そのプレハブを教室に使っていたんだって。それにしちゃせまいと思うけど、きっと生徒の数も少なかったんだろう。

おじいちゃんが死んでからプレハブは、あたしたちの遊び場になったり、高志くんの勉強部屋になったりして、ついには真ちゃんの住みかになった。

どんなに寒い冬の日でも、どんなに暑い夏の日でも、真ちゃんはかならずプレハブにいる。

ごはんを食べるのもプレハブ。

眠るのもプレハブ。

夢を見るのも……。


ピンポーン！　と鳴らすチャイムなどないので、あたしはプレハブのドアを叩《たた》いて真ちゃんを呼んだ。

待つこと一分。

ミシミシとドアが開き、「今、起きたばかりです」って顔をした真ちゃんが現れた。

「今、起きたばかりでしょ？」

ときくと、

「大当たり」

真ちゃんはうなずいて目を細めた。

「おっ。太陽がまぶしい」

「髪の毛ぼさぼさだよ」

「ファッションだよ」

「寝癖だよね」

「うん」

真ちゃんのかきあげた金色の髪が、朝の陽射しにてらてらと光る。

ロックバンドで歌をうたっている真ちゃんは、二年ほど前のある日、突然、髪の毛を金色に染めた。いきなり外国人のようになってしまった真ちゃんの頭を見て、おじちゃんはわなわなと震え、おばちゃんは真っ青になり、高志くんは無言で顔をそむけ、あたしはおもしろすぎていつまでも目が離せなかった。真ちゃんは、「いやあ、白髪《しらが》でも染めようと思ったら、まちがえて、こんな色に」なんてすっとぼけてたけど、あれはちょっとした事件だったな。

でもまあ、見慣れれば何色だってたいしたちがいはない、髪の毛なんてものは。

「まあ、あがれ。なんも出ないけど」

「おじゃましまーす」

あたしは後ろ手でドアを閉め、プレハブに足を踏みいれた。たちまち、むわーっとした空気が体にはりついてくる。暑いのなんの。

「いつ来てもサウナだね、ここ」

「冬は北極になる」

「扇風機ぐらいおけばいいのに」

「うちわがあるからいい」

「うちわ、ねえ」

見かけが派手なわりに、真ちゃんは意外とこういう原始的なものが好きだ。

「うちわはいいぞ。電気代もかかんないし、風の量も自分で調節できる。おまけに手首の運動にもなる。パーフェクトだ」

なんて、まじめな顔で言う。

そういえば、今年の冬も真ちゃんは湯たんぽを使っていた。小さいころから愛用してたんだろう、カバーにはおちゃめな象のプリントがついてたっけ。

思いだすとおかしくて、あたしは小さく吹きだした。

「どうした？」

てきぱきと布団をたたんでいた真ちゃんがふりかえる。

「ううん、べつに。あ、そういえば宿題、終わったよ。昨日」

「お、そりゃすげえな。三十日ってふつうは宿題、はじめる日だもんな」

「うん。やっぱ協力ってすごいね。友達って大切だね」

「まあな。でも、それと宿題とどんな関係があるんだ？」

「だから、今年は友達と協力してやったの、宿題」

「協力？」

「うん。あたしが社会と英語をやって、陽子《ようこ》が理科と数学をやって、それ、みんなで写しあったの。美砂《みさ》は国語の作文、三人ぶん書いてくれたし」

「作文って？」

「夏休みの思い出。よくあるやつ」

「ふうん」

うなずいてから真ちゃんは、ん？　と首をひねった。

「そういうのってふつう、自分で書くもんじゃないか」

「ふつうはね。でも美砂は特別に作文が上手だし、うそをつくのも上手なの。この夏、美砂は海に行って、陽子は山に行って、あたしは海外旅行に行ったことになってるの」

「海外ってどこだよ」

「さあ、やっぱりハワイとか？　あ、そうだ、作文っていえば……」

あたしはジーンズのポケットから、今朝、見つけたよれよれの原稿用紙を引っぱりだした。

「見て、これ。なつかしいものを見つけたの」

手渡すと、真ちゃんは畳んだ布団の上に座ってそれを開いた。

「へー、ほんと。なつかしいな」

「でしょ」

「いつの話？」

「五年前かあ。古き良き時代」

「うん。古き良き時代」

あたしたちは顔を見合わせて笑った。

「おっ、テツのことも書いてあるじゃん。テツは泣き虫だからきらい……ひどいな」

「だって本当だもん。あ、そういえば今日、テツの誕生日だよ」

「へー」

「昨日、テツから電話があってね、明日お誕生会をやるから来てね、だって」

「ふうん。で、どうしたの？」

一瞬、真ちゃんの顔つきが変わった。

いやな予感。

「断ったよ、もちろん。だって今日は海に行く約束だったじゃない」

あたしはムキになって声を強めた。

「それに、中学生にもなって、なにがお誕生会よ。ぜんぜん成長してないんだから、テツって。今だって、しょっちゅうクラスの男子にいじめられてるんだよ。ばかにされてもヘラヘラしてるし、牛乳飲むのもクラスで一番遅いし」

「おまえ、まだテツとおなじクラスだったの？」

「うん。小学一年生からずっといっしょ」

「そりゃあ、くされ縁ってやつだな」

「なんかのたたりってやつよ」

「運命の赤い糸だったりして」

人の気も知らずに真ちゃんは笑い、「よし」と両手を打ちならした。

「じゃあ、今日は予定を変えて、テツの誕生日を祝おう」

「なに、それ。海はどうなるのよ」

「またそのうち暇ができたら連れてってやるよ。だいじょうぶ、海は逃げない」

「テツだって逃げないわよ」

「でも誕生日は一年に一度しか来ない」

「約束したくせに、ずるい！」

「さゆきだってずるしただろ、宿題」

「……」

「決まった、今日は誕生会」

きっぱり言いきると、真ちゃんはあたしに背中をむけて着がえをはじめた。

「さゆき、ちょっと目をそらせ」

あーあ、とため息まじりに吐きだして、あたしは後ろをむいた。

バンドの音に合わせて声を変えるみたいに、真ちゃんの気分はころころと変わる。いったん変わった気分は二度ともとへはもどらない。八月三十一日の海はもどってこない。

ショックのあまり口もきけず、ぼうっと部屋をながめていると、カラーボックスの上にある写真立てのなかの男の人と目が合った。

口が隠れるほどヒゲを生やした熊みたいな顔。

「真ちゃん。この写真の人、だれ？」

前から気になっていたことをきくと、

「おれの尊敬してる人。去年の終わりにふらっと南米に行っちゃったんだけど、めちゃくちゃすげえバンドマンでさ、その人からおれ、音楽の基本を教わったんだ。写真の前にドラムのスティックがあるだろ」

「うん」

「それもその人からもらった」

「真ちゃん、ドラムも叩《たた》くの？」

「うん。今はボーカル一筋だけど、前はドラムも叩いてた。なにをするのにも、一番大切なのはリズムなんだ」

「ふうん」

あたしはあいまいにうなずいた。音楽の話になると真ちゃんの声に熱がこもるけど、むずかしくてあたしにはよくわからない。

「OK。こっちむいていいよ」

声の方向をふりかえると、白と黒のボーダーのTシャツにブラックジーンズ、という軽装の真ちゃんが笑った。

「行こ。早くしないと新鮮な魚がなくなる」

テツの家は魚屋。駅前の商店街にこぢんまりとある。

昔はそこそこお客さんも入っていたみたいだけど、五年前に大きなスーパーができてからというもの、すっかり影が薄れてしまった。それでも、テツのおじさんは自分の店に誇りを持っていて、「うちの店はたしかにボロっちいけど、売ってる魚はどこよりも新鮮だよ」というのを口癖にしている。おばさんはおばさんで、あたしや真ちゃんが遊びに行くたびに「まあ、ちょっと味見していきなさいよ」と、おやつのかわりに生きのいい刺身をふるまってくれる。

このおばさんは、うちのママや真ちゃんちのおばちゃんと仲がいい。ずいぶん前に町内会の『お祭り委員』とかいうへんなものを、いっしょに押しつけられた経験があるらしい。力を合わせて夏祭りの準備をしているうちに、三人のママたちは意気投合。

お祭りが終わってからもつきあいは続いて、あたしたち子供はよちよち歩きのころからいっしょに遊んでいたんだって。

考えてみれば迷惑な話だ。物心がついたときには、もうすっかり「幼なじみ」にされていた。

真ちゃんにとって、テツはかよわい弟のような存在らしいけど、あたしにとっては役に立たない子分みたいなもの。

その関係は昔から変わっていない。

「あたしね、テツより背が高いんだよ、1・4センチも」

まばらな人波の商店街を歩きながら、あたしは真ちゃんに自慢した。

「1・4センチ、ねえ」

「あたしが145・5センチで、テツが144・1センチ」

「でもまぁ、来年になったらテツのほうが高くなってるだろうな」

「そんなこと……」

ない！　と言いかけた瞬間、

「あーら、真治《しんじ》くんにさゆきちゃん」

魚屋の店頭にいたテツのおばさんが、目ざとく声をかけてきた。

「ひさしぶりだねえ。ちょっと見ないうちにふたりともめっきり大人っぽくなっちゃって、これじゃわたしも年をとるわけだわ、アハハ。真治くん、その頭、イケてるわよ」

ひとしきり大声ではやしたてるなり、おばさんはあたしたちが「こんにちは」も言わないうちに奥の部屋へ駆けていき、

「テツ！　さゆきちゃんと真治くんだよ」

こっちがはずかしくなるようながなり声を響かせた。

いつも思うけど、どうしてこういう威勢のいい母親から、テツみたいに生きの悪いのが生まれたんだろう？

「あいかわらずだな、ここんちは」

真ちゃんが耳元でつぶやく。

「なんでああいう人からテツが生まれたんだろう」

「あたしも今、おなじこと考えてた」

「おやじに似たのかな」

「おじさんはもっと元気だよ。最近は朝、市場に行って、日中は肉屋さんでバイトしてるみたいだし」

「せちがらい話だな」

真ちゃんとこそこそ話をしていると、

「まあ、あがってちょうだいよ」

すばやく舞いもどってきたおばさんに背中を押された。

「ぶっちらかしの部屋だけどさ。遠慮しないで、さ、早く早く！」

あたしたちは迫力に押されてそそくさと靴をぬぎ、店続きの玄関をくぐった。

「あれ、今日は海に行くんじゃなかったの」

奥の部屋からひょっこりと、テツがまんまるい顔を出す。

「海は延期だ」

真ちゃんが言って、

「あんたがこんな日に生まれたからよ」

あたしがむすっとつけたした。

「ご、ごめんね」

テツはすなおに謝ると、落書きだらけのふすまを開けて、あたしたちを手招いた。

「うるさいと思うけど、入って」

たしかにうるさい部屋だった。テツの弟たちがギャアギャアわめきながらそこいらじゅうを駆けまわってる。

弟一匹に妹が二匹。まるで動物園の運動会だ。

「ちょっと、これのどこが誕生会なのよ」

散乱している本やら積み木やらをどかし、畳にぺたんと座りながらきくと、

「ごめんね。でも、どうしてもこうなっちゃうんだ」

あきらめきった顔でテツが言う。

走りつかれると、弟たちは画用紙と色鉛筆のケースを引っぱりだしてきて、お絵描きをはじめた。と思ったら、今度は末っ子の恵子が泣きだした。

「どうしたの？」

「赤がないから、太陽が描けない」

「黄色で描けば？」

「黄色もない」

「オレンジは？」

「ないの」

「金色は？」

「はじめからない」

「いったい何色があるのよ」

あたしがイライラしてふりかえると、

「青とこげ茶と黄緑。これだけあれば空と土と木が描けるから十分だ、ってお父さんが……。いくつ買ってもらっても、すぐになくしちゃうから、しょうがないんだ」

テツがもじもじと下をむいて言った。

「おまえも苦労がたえないな、まだ若いのに」

真ちゃんが天井をあおぐ。

あーあ……。

こんなことならやっぱり、意地でも海に連れてってもらえばよかった。

結局、あたしと真ちゃんは、夕方まで弟たちのゲームやら宝探しやらにつきあって、テツの家をあとにした。

途中、おばさんが大皿いっぱいの刺身を差しいれしてくれたので、大根の山に蠟燭《ろうそく》を突きたてて、なんとか誕生会としての示しはつけたけど。

「テツんちの刺身も、これで食いおさめかな」

帰り道、真ちゃんがふとそんな言葉を口にした。

食いおさめ？

あたしは不思議に思いながらも、明日のことを考えていたせいか、そのまま流してしまった。

明日から新学期。そう思うと、今まで適当にだらだらとすごしてきた夏休みのありがたみが身にしみる。

もっと思いきりだらだらすればよかった。

2

新学期がはじまった。いごこちの悪い季節だ。

一ヶ月以上も会っていないクラスメートと顔を合わせると、どういうわけか、あたしは妙に人みしりしてしまう。

小麦色に焼けた友達の顔。別人みたいに見えてこまる。

見慣れた四角い校舎も、
窓からの風景も、
座りなれた椅子も、
なんとなくよそよそしく思えて、また一から慣れるのに時間がかかる。

といっても、三日ぐらいだけどね。

三日たつとすべてがもとにもどるんだけど、この三日間がものすごく長い。

夏休みのあとってだけでこんな調子だから、中学に入ったときなんて大変だった。

あたしの通っていた若菜小学校のみんなは、ほとんど今の若菜中学校に進学した。

都会じゃどうか知らないけど、ここは千葉の外れ、私立の中学へ行く子なんてめずらしい。
みんなでいっしょのセーラー服を着られると思うと、中学に行くのもそれなりに楽しみではあったけど、それでもあたしたちの六年間がつまった小学校を離れるのはつらかった。
古ぼけた校舎も、
せまいグラウンドも、
卒業前になると急にいとおしくなった。
宿題ばかり出していた担任の先生も、
どなってばかりいた教頭先生も、
あんまりおいしいおかずを作ってくれなかった給食のおばさんたちも、
もうこれでお別れと思うと、「じつはみんないい人だったのかも」と思えてきて、いきなり好きになってしまったりするから、こまる。
卒業式には、クラスのみんなと抱きあって大泣きした。
その抱きあった友達とは、中学の入学式ですぐに再会できたからよかったものの、これが高校になったらどうなるんだろう。
考えるだけでぞっとする。
いやだ、いやだ。

変わらないものが、あたしは好き。
風みたいに、
空みたいに、
月みたいに、
変わらずにいてくれるものが好き。
どこにいても、
いつになっても、
なにが起こっても、
変わらずにいてくれるもの。
ずっとこのまま……。

二学期がはじまって一週間がすぎ、もうすっかり学校や友達に慣れてほっとしていたところ、その「ほっ」を吹きとばすようなショックな事件が起こった。

真夜中すぎ、あたしはむっくりと起きあがって階段をおり、トイレに入った。

すっきりして、さぁ、出ようかな、と思ったとき、タイミング悪く酔っぱらったパパが帰ってきた。

「ただいま。おい、起きてるか」

ドアの取っ手へ伸ばした手を引っこめて、あーあ、とあたしはふたたび便器の蓋《ふた》に腰かけた。パパは酔っぱらうとタチが悪く、家族にからむ癖がある。近づかないにこしたことはないので、パパが布団に入るまで待つことにした。

「おかえりなさい。遅かったわね」

眠たげなママの声。お酒を飲むとおしゃべりになるパパは、ママにむかってなにかゴニョゴニョとしゃべっている。

「アニキたち、ありゃもうダメだな」

突然そんな言葉がきこえて、ビクッとした。

アニキっていうのはパパのお兄さん、つまり真ちゃんのパパのこと。

ダメって、なにが？

「やっぱり、ねえ」

「このごろはアニキのやつ、ほとんど家に帰ってないみたいだし」

「修復できると思ってたけど、やっぱりむずかしいのかしら」

「姉さんも我慢の限界か」

ドアのむこうで不気味な会話が続く。

「離婚、ってことになるのかしら、やっぱり」

最後にきこえたママの不安げなつぶやき。

やがてふたりの気配は寝室へ消えてゆき、離婚、という不吉な響きだけがドアのむこうに残された。

離婚!?

真ちゃんのパパとママが?

そんな……。


つぎの朝、目を開くとそこはトイレだった。ドンドンドン! とだれかがドアを叩《たた》く音で目がさめて、いつもとちがう朝の光景にびっくりした。十秒ぐらいきょとんとしてから、離婚って言葉を思いだして、納得。昨日はショックのあまり便器から立ちあがれなくなってしまい、蓋のようにかたくなったまま眠ってしまったみたい。へんな姿勢で寝たせいか、体中がぎしぎしと痛い。大きくのびをしてからドアを開けると、パパとママとお姉ちゃんがトイレの前で顔を寄せていた。

「おはよう」

「おはよう、じゃないわよ。ドアを叩いても返事がないから、心配してたのよ。どうしたの?」

あきれ顔のママが言う。

「どうもしない。昨日、泊まったの、ここで」

面倒だったのでそれだけ答えると、あたしはスタスタと食卓へむかった。

朝ごはんはちっとものどを通らなかった。

「トイレなんて、あんなくさいところで眠ったら、だれだって食欲なくすよ」

鼻をつまんでお姉ちゃんが笑う。

言いかえす気力もなかったので、好きなだけ笑わせておいた。

どうしてパパやママは、いつもとおなじ顔でごはんを食べてられるんだろう。昨日の夜、あんなにすごい話をしていたその口で、なんでたくあんをぼりぼりかじったりできるんだろう。

真ちゃんのパパとママが離婚……。

もしもそれが本当なら、あたし、どうすればいいんだろう。

あたしの大好きな真ちゃんの家族がバラバラになってしまう。

第二のわが家が消えてしまう。

そんなのって、ひどい。

ひどい……。

真ちゃんはそのことを知っているの？

トイレで一泊したその日から、あたしは家にいても、学校にいても、うまくしゃべったり笑ったりできなくなってしまった。友達と話していてもうわの空。いつもぼんやりしている。

このぼんやりは目にあまるものがあったらしく、一週間ぐらいたった今日、ついに担任の三木《みき》先生から職員室に呼びだされた。

「さゆきちゃん、ちょっと話があるから残ってくれる？」

話の内容は想像がついた。ぜんぜん自慢じゃないけど、あたしはちょくちょくこの先生にお説教される。授業をきいていないとか、テストの解答が投げやりだとか、何事にもあきらめが早すぎるとか。

「さゆきちゃん、このごろ、どうしたの？　いつもぼうっとしていて、おかしいわね」

三木先生はまだ若い国語の先生で、先生なんて職業をしているわりには人間ぽくっていい人。さらさらの長い髪と、きれいな色をした小鳥みたいな声を持っている。

「なにかあったのかしら？　心配ごとがあるなら、いつでも話してちょうだい。先生ね、テストの点数のことなんて、どうでもいいと思うのよ。でも、今はさゆきちゃんにとって、とても大切な時期だから……」

先生のお説教はひとつの美しいメロディみたいで、それはとてもおだやかにゆっくりと流れていく。きいていると子守歌のようで、ついつい眠くなってくる。

あたしは一度、本当に眠ってしまったことがあるけれど、先生は目をさますまで待っていてくれた。その忍耐力は尊敬できる。

「先生ね、いつもさゆきちゃんばっかり呼びだしてるみたいだけど、それは決してさゆきちゃんが悪い生徒だからじゃないのよ。ただね、さゆきちゃんを見てると、なんだかハラハラするの」

「どうして?」

「さあ、どうしてかしら。わたしもちょっと前までは、さゆきちゃんみたいな子だったからかな」

「いつも先生に呼びだされてたの?」

「ふふ。そうね」

「だからうまいのかな、お説教が」

「ううん。わたしもさゆきちゃんといっしょでね、先生の話なんてひとつもきいてなかったから」

「うわ」

「それでも、あれが不毛な時間だったとは思わないわ」

三木先生はにっこりほほえんで言った。

「もういいわよ、今日は帰って」

結局、なにを言いたかったのかはちっともわからなかったけど、先生も昔はあたしと似たようなもんだったんだと思うと、ちょっとは気がらくになったかも。

不毛じゃないって、こういうこと？

頭のなかで考えつつ、「さようなら」と教室を出ていこうとすると、

「あ、そうそう」

先生があたしを呼びとめた。

「読んだわよ、さゆきちゃんの作文」

「作文？」

「夏休みの思い出、よく書けてたわ」

「あ」

「いいわねえ、家族でアフリカ旅行だなんて。うらやましいわ」

「アフリカ？」

「本物のターザンと握手したってほんと？　すごいわねえ」

「ターザン？」

「びっくりしちゃったわ」

こっちのほうがびっくりだ。

「世の中には先生の知らないことがいっぱいあるのよね。美砂ちゃんの作文には、海へ行って海ぼうずを見たって書いてあるし。わたしね、幽霊やUFOは信じているん

だけど、やっぱり海ぼうずも信じるべきなのかしら」

小首をかしげながらも一生懸命、美砂のうそを信じようとしている先生を前にして、顔がぽっぽと赤くなる。

「美砂は……美砂は目が悪いから、きっと見まちがえたんじゃないかな。なんかほかの、海ぼうずみたいなものと」

うわずった声で言いのこすと、あたしは逃げるように教室をあとにした。

美砂のやつ。


階段をおりて昇降口に行くと、下駄箱《げたばこ》のすみでその美砂があたしを待っていた。陽子もいっしょだ。さすが親友たち。

「おまたせ」

「あれ。今日は短かったね、お説教」

「うん。もうかなりあきらめてきたみたい」

「ふうん」

「でも三木先生の声って、ほんとにきれい。うらやましいな」

「さゆきって、先生の話なんかぜんぜんきいてないくせに、声だけはきいてるんだね、器用に」

感心したような陽子の声に、あたしは思わず吹きだした。

「あ、さゆき、笑った」

うわばきをぬいでいた美砂がふりむく。

「ひさしぶりじゃん」

「ひさしぶり？」

「うん。だってさゆき、このごろいつもぼうっとなんか考えてて、おかしかったじゃない。たまに笑っても、なんか幽霊みたいな気のぬけた笑いかたで」

美砂のとなりで「そうそう」と陽子がうなずく。

「さゆきはもともとぼうっとしてるけど、最近は異常だよ。なんかあったんでしょ」

「ない……こともないけど」

たとえ親友でも、あたしには言えなかった。

親戚《しんせき》のおじちゃんとおばちゃんが離婚。

そんな言葉は口に出すのもいやだった。

「みずくさいなあ」

陽子がひじであたしのうでを突《つっ》く。

「ね、もしかしたらさゆき、恋わずらいじゃないの」

「恋わずらい、ねえ」

「離婚」とは大ちがいのロマンティックな響き。

「恋」という言葉をきくと、あたしはすぐに真ちゃんを連想する。

あたしは、あたしのまわりにあるすべてのもののなかで、真ちゃんが一番好き。

風よりも、
空よりも、
月よりも、好き。

だから、これは恋なのだと思う。

「あーあ、またさゆきぼうっとしてるよ。まさかほんとに恋わずらいとか？」

「ちがうよ」

あたしは陽子をひじで突きかえし、

「そういえば美砂、あたしの作文にへんなこと書いたでしょ」

さっと話題を切りかえた。

「悩んでたよ、三木先生」

「なんで？　せっかくサービスしたのに」

「どんなサービスよ」

「だってさ、先生って毎年、三十人ぶんも作文読まなきゃいけないでしょ？　たまにはちょっと毛色の変わったのがなきゃ、退屈しちゃうんじゃないかと思って」

「変わったのって、ターザンとか、海ぼうずとかのこと？」

「そうそう、楽しそうでしょ」

あきれて絶句するあたしの肩を、美砂がポンポン叩《たた》いて歩きだす。

「だいじょうぶ、だいじょうぶ。楽しいうそは罪にならないんだから」

美砂はいつもちょっとはずんだように歩くから、一歩進むごとに天然パーマの長い髪がふわりと持ちあがる。

ちがう小学校出身の美砂とは、中学に入ってからのつきあいだけど、最初はなんて脳天気な子だろうって思った。でも、はじめて家へ遊びに行った日、家の掃除や洗濯をてきぱきとこなしている美砂の姿を見て、「これはタダモノじゃない」と、びっくり。

小さいころにママを亡くした美砂は、ひとりぼっちでさびしいとき、脳天気なうそをあれこれ考えて、自分を楽しませてきたのかもしれない。

「美砂、あたしの作文にはなんて書いたのよ。まさか山で山男に会ったとか？」

陽子が美砂を追っていく。

陽子は小学生のころからの親友。昔からばりばりのスポーツ少女で、今じゃバスケ部のホープなんて言われて期待されてるけど、ここしばらくは放課後の練習を休んでいる。病気で弱っている愛犬の太郎を、毎日、病院に連れていかなきゃならないから。

家族全員で最後まで面倒をみる。飼うときにそう約束したんだって。

みんないろいろ大変だ。

それでもこうやって三人そろうと、心のなかにある暗い部分を忘れて、いっしょに笑いあえる。

近ごろの中学生はくだらない話ばかりして……と、よく大人の人たちがなげいているけど、あたしたちにとってはこのくだらない瞬間が、宝物みたいに大切なんだ。

「あのさ、さゆき」

帰り道、五丁目の曲がり角で「バイバイ」と手をふったあたしに、陽子がやけにまじめな顔をして言った。

「雨が降るから虹《にじ》がでる」

「なに、それ」

「苦しいことがあるからこそ、うれしいことがあったときのよろこびも大きいんだって。前におじいちゃんが教えてくれた」

早口で言うなり、陽子は「じゃあね」とダッシュで駆けだした。

と思ったら、止めてあった自転車にぶつかって転んだ。

「犬も歩けば棒に当たる」

美砂がつぶやき、あたしはぷっと吹きだした。

サンキュー、陽子。太郎の病気、早くなおるといいね。

3

九月最後の日曜日。

居間でのほほんとテレビを見ていたら、ママがつかつかやってきて、

「ちょっとさゆき、のほほんとテレビばっかり見てないで、たまには勉強しなさい。宿題だってあるんでしょ。本当にあなたはママの言うことなんかちっともきかないんだから。遊んでるんなら、ちょっとは家の手伝いでもしてちょうだい。そうそう、夕ごはんの買いものをしてきてほしいの」

ひと息にまくしたてると、あたしにエコバッグとメモを押しつけて去っていった。

この長いセリフを短縮すると、

「ちょっと買いものに行ってきて」

これだけですむと思うんだけど。

ママはこのごろカリカリしてる。『受験生を持つ親の心構え』とか、『サクラサク春のために——親と子の壮絶受験戦争——』とか、いんちきくさい本を読みすぎてどうにかなってしまったみたい。

あたしは薄いピンク色の傘をさし、霧雨の降る外に出た。

秋の雨はしつこいというけど、最近は本当に雨ばかり。とくにここ五日間なんて、太陽が一度も顔をのぞかせていない。人一倍、天気に左右されやすいあたしとしては、テツを生贄《いけにえ》に捧《ささ》げてでも雨にやんでほしい気分だ。

どんよりした雨の音は、あたしをひどく憂鬱《ゆううつ》にさせる。

もちろん、憂鬱の原因は雨だけじゃない。

離婚、りこん、リコン……。

執念深く頭にこびりついているこの言葉。

いっそのことママにきいてみようかとも思ったけど、「子供はそんなこと考えるんじゃないの」とかなんとか言われそうなので、やめた。

ふう。

癖になってしまったため息をくりかえしながら、重い足どりでいつもの商店街を歩いていると、

「いらっしゃい！　今日はアジが安いよ」

あの元気なおばさんの声が響いてきた。

ママから渡されたメモには、『にんじん一皿、じゃがいも一袋、たまねぎ一皿、バター、牛肉二百グラム』とある。このすべてが活躍しそうな料理を考えると、どうやら今夜はカレーライスらしいけど、このあいだお刺身をごちそうになったご恩がある

から、お肉をやめてエビカレーにしよう。

「おばさん、その小さいエビ、一皿ちょうだい」

「あら、さゆきちゃんじゃない。お買いもの？」

えらいわねえ、とおばさんはおおげさに声を張り、手際よくエビをビニール袋に入れた。

「うちのテツは店の手伝いも宿題もしないで、ゴロゴロしてばっかりなのよ。さゆきちゃん、今度テツに勉強、教えてやってね」

「へへ」

どこの母親も考えてることはおんなじ。気持ちはわかるけど、おばさんは頼む相手をまちがえてる。

「どうもありがとう」

お金をはらって店をあとにすると、

「ありがとうございまーす！」

雨も腰をぬかすようなおばさんの大声が、商店街に鳴りわたった。


にんじん、ＯＫ。

じゃがいも、ＯＫ。

たまねぎ、OK。

バター、OK。

牛肉、エビに変更。

よしっ。

買いもの、終了。


「ちょっと、そこのお姉ちゃん」

突然、後ろからだれかに肩をつかまれたのは、重たくなったバッグをゆらして歩いていた帰り道のこと。

「いっしょにお茶でも飲んでかない?」

あたしはとっさにその手をふりはらい、キッと後ろをふりかえった。同時に、力んでいた体をふにゃりとさせた。

「真ちゃん!」

「おまえ、あんだけ怖い顔ができれば安心だな。へんな男に引っかからないですむ」

満足そうに真ちゃんがうなずく。

目がちかちかする色のTシャツに、穴ぽこだらけのジーンズ。おまけに金髪頭の真ちゃんを、通りすぎる人たちがじろじろとながめていく。

「へんな男って、真ちゃんのこと？」

「おまえも人を傷つけるコツがわかってきたな」

「うっそ。人は見かけによらない」

ふふっと笑ってあたしは真ちゃんを見あげた。

「世界中の人がね、真ちゃんのことを不良だとか人間のクズだとか、さわらぬ神にたたりなしだとか言っても……」

「そこまで言われたことないよ」

「たとえ言われても、あたしは真ちゃんの味方だよ。だってあたし、真ちゃんの湯たんぽを知ってるし」

「湯たんぽ？」

「ほらあの、おちゃめなカバーがついたやつ。象の親子が手をつないで踊ってるプリントだっけ。本当の不良はああいう湯たんぽを使わないと思うし」

「あのさ、さゆき」

真ちゃんが声を暗くする。

「さゆきの気持ちはうれしいよ。けど、ほんとにおれの味方なら、象の親子のことは忘れてくれ」

「待ってよ」

足を速めた真ちゃんをあたしはあわてて追いかけた。

「そういえば真ちゃん、今日、バイトは？」

「休んだ。ちょっと用があって新宿に行ってきたんだ」

「新宿？」

テレビでしか観たことのない街だ。

「新宿って遠いの？」

「いや、それほど。片道二時間半ぐらいかな」

「遠いじゃない」

「そうか？」

「遠いよ、絶対」

見あげると、真ちゃんの黒いこうもり傘は、あたしのピンクよりもはるかに空に近い。いつのまにか背高のっぽになっていた真ちゃんは、きっと、あたしの知らない世界をたくさん知っている。そういうのが、たまに、さびしい。

「さゆき。おまえ、このごろおかしいんだって？」

こうもり傘の下の真ちゃんの瞳《ひとみ》が、まっすぐにあたしをとらえた。

「テツが言ってたぞ、前は教室ですれちがうたびに『弱虫』とか『ばか』とか声をかけてきたのに、近ごろはなにも言ってこないからおかしい。あれは元気のない証拠だ、

っ てさ」

「なによ、それ」

「テツらしい心配のしかただ。なんかあったのか？」

いろんな人からきかれたこの質問。真ちゃんの口からきかれると、なにもかも話してしまいたくなる。

「あのね、真ちゃん」

できるだけ、できるだけさりげなく切りだそうと思った。

「おじちゃんとおばちゃん、元気？」

真ちゃんの顔にクエスチョンマークが広がる。

「は？　なんだよ、突然」

失敗。あたしはあせって首をふった。

「なんでもない。ぜんぜんなんでもないんだけど、ちょっと、元気かなあ、とか思って。このごろ会ってないし、なんとなく長雨だし、体調をくずしやすいシーズンだってさっきテレビのニュースでも……」

「さゆき、なんか隠してる？」

ギク。

「なんか知ってんだろ」

「知らない。あたしなんにも知らない」

「いーや、知ってる。さゆきはすぐに顔に出るからな。隠しごとするなら顔も隠しといたほうがいいぞ」

とっさにあたしは傘で顔を隠したけど、遅かった。

「なーんだ、知ってたのか、さゆきも。おやじとおふくろのこと」

ピンクの布のむこうから、あっけらかんとした真ちゃんの声がする。

「それっ！　ほんとなの？　離婚するって……」

パッと傘をあげると、真ちゃんが笑ってた。

「ほーら、やっぱり知ってた」

「……」

誘導訊問《じんもん》に引っかかったまぬけな犯罪者みたいな気分になる。

「でもさ、どうしてさゆき、おれにまで隠そうとしたの？」

「だって、もし真ちゃんがそのことを知らなかったら、ショックをうけると思って」

「知らないわけないじゃん。これでもいちおう、家族なんだから」

「ん」

それもそうだな。

「ほんとに離婚しちゃうの？」

「らしいね、今のところ」

「あたし、いやだな、そんなの。だって離婚したらおじちゃんとおばちゃん、いっしょに暮らさなくなっちゃうんでしょ」

「ふつう、そうなるよな」

「真ちゃん、いいの？　それでも」

ひとごとのように言う真ちゃんに、あたしは急にイラッとした。

「おじちゃんとおばちゃんがバラバラになっちゃっても平気なの？」

「ま、かなり前から覚悟はしてたし」

「あたしはいや。絶対に、そんなの」

「でもさ、おやじとおふくろがしょっちゅういがみあってるのも、なかなかいやなもんだぞ」

「……」

「なかなか、いやなもんだった」

黒い傘に隠れて、真ちゃんの顔が見えない。

もしかしてあたし、とんでもなくわがままなことを言ってるのかもしれない。

「な、さゆき。おれだってさ、おやじとおふくろ、もとにもどればいいと思うよ。でも、別れてふたりとも元気になるんだったら、それはそれでいい。いっしょにしょぼくれてんのと、バラバラで元気なのと、どっちがいいかっつったら、やっぱ元気なほうじゃん?」

淡々とした真ちゃんの声。

言ってることはわかる。真ちゃんは正しい。「いっしょで元気」がありえないなら、どっちか片方を選ぶしかない。でも――。

「ごめんな、勝手な家族で」

だまりこんだあたしに真ちゃんが言った。

「さゆきの気持ちはわかんないけど、わかるよ、なんとなく」

「どっちよ」

「だからさ、ぜんぶはわかんないけど、ちょっとはわかるってこと。さゆきが一番、うちの家族になじんでたもんな」

「……」

「おれよりもなじんでた。おふくろが喜んでたよ、さゆきがうちの長女になってくれた、って。あの人、どうやら女の子がほしかったみたいで……」

「真ちゃん」

「ん?」

「もういいよ」

涙が、出そうになった。

「もう、いい」

濡《ぬ》れた地面の上で立ちどまり、あたしは真ちゃんに背中をむけた。

泣いているような肩を見られたくないから、傘を後ろにそらして背中を隠す。

ふいに目の前に暗い空が広がった。

じわじわと町をしめらしていく霧雨。

空を覆う黒い雲のかたまり。

もう二度と、晴れの日なんかやってこない気がした。


「おかえりなさい。ずいぶん遅かったじゃない」

家に帰りつくなり、エプロン姿のママが待ちくたびれた顔をして飛びだしてきた。

「お肉をやめて、エビにしたの。エビカレーにして」

エコバッグを突きだして言うと、

「えっ」

ママはとても悲しそうな顔をした。

「今夜は肉じゃがにしようと思ってたのに」

……。

うまくいかない。

4

校庭を彩る銀杏《いちょう》の葉が、ちらほらと黄色く染まりはじめた。

いつのまにかすっぽりと、あたりを包みこんでいた秋。

このあいだ、陽子の愛犬、太郎が死んだ。

「お医者さんはね、もう長くないって言ってたけどね、あたしそんなことないと思ってた。太郎が死ぬわけないって……。でも、死んじゃったの。太郎、もうもどってこない」

ぽろぽろ泣きつづける陽子の横で、あたしも赤い目をしていた。

もうもどってこない、たくさんのもの。

あたしのまわりにたしかにあったものたちが、少しずつ姿を変えていく。

あたしは毎晩、神さまにお願いした。

どうか真ちゃんの家がもとにもどりますように。あたしの大切な第二のわが家をこわさないでください。

指の関節がミシミシ痛むほど強く、強く両手をにぎりしめて祈った。

それでも、真ちゃんの家はあいかわらず、なんの進展もないみたいだ。

ときどき、ママのおつかいで真ちゃんの家に行く。

玄関におじちゃんの靴はない。

食卓におじちゃんのお茶碗《ちゃわん》がない。

どこにも、おじちゃんの声がない。

中学一年生の真剣な願いを、どうも神さまは甘くみているらしい。

神さまはきっと大人だから、「これはしょうのないことなのですよ」とか、「さゆきはまだまだ子供だねぇ、ハハハ」とか言いながら、すべてをうまくあきらめてしまうんだろう。


「さゆき！」

突然の声にハッと顔をあげた。

昼休みの校庭、銀杏の前に座りこんでいたあたしの前に、いつのまにか美砂が立っていた。

「あ、美砂か」

「あ、美砂か、じゃないよ。またなんかぼうっと考えてたでしょ。最近、多すぎるんじゃない？　そういうの」

「秋だから」

「もうすぐ厳しい冬です」

季節のせいにしてごまかそうとするあたしのうでを、美砂の両手がガシッとつかんで、引っぱりあげようとする。イタタ。

「美砂、あいかわらずバカ力だね」

「そりゃあ、家事全般をこなしてる黄金のうでですから」

「なるほど」

「さゆきもさ、ぼうっとしてる暇があったら、ちょっとは体をきたえなきゃ。陽子だってたくましく復活したんだから、バスケ部に。さゆきも明日から、昼休みはいっしょにバレーボールだよ」

「はい、はい」

スカートについた砂をパタパタはたく。

「なにやってんのよ、ふたりとも。もうとっくにチャイム鳴ってんのに。急がないと授業に遅れるよ」

校庭のまんなかで、バレーボールを右手に抱えた陽子がさけんでいる。

「やばい、やばい」

あたしたちは同時に駆けだした。

十月の陽射しがゆれる校庭に、銀色の砂ぼこりが、舞った。

五時限目の開始から五分遅れて教室へ駆けこむと、ラッキーなことに英語の国井先生はまだ来ていなかった。

「よかった」

三人で顔を見合わせてほっとしていると、

「おいっ、なんとか言えよ」

「おまえ、口がないのか?」

クラスのワル軍団、良行たちの声が耳に飛びこんできた。

せっかくワルぶってるんだから、自分より強いのを相手にすればいいのに、良行たちはいつも弱い子ばかりをターゲットにしてる。弱い子、っていうのは、テツのためにあるような言葉。見るまでもなく、いじめられてるのはテツだろうな。

念のためにチラッとふりかえると、大当たり、やっぱりテツだった。良行たちにかこまれて、今にも泣きそうな顔をしている。

「あーあ、テツのやつ、またやられてんじゃん」

「いつものこと、いつものこと」

陽子と美砂がさらりと言って、席へもどっていく。

あたしもそのあとに続こうとしたけど、

「泥棒。これだからイヤだよな、貧乏人は」

良行のこのひとことに、ピタッと足を止めた。すばやくまわれ右をして、良行たちに歩みよる。

「どうしたの」

「こいつさ、オレの色鉛筆、盗んだんだぜ。ケースのなかに赤だけないから、おかしいと思って探したら、テツのふでばこに入ってたんだ」

良行がテツの頭をこづいて言った。

「まさか……。うそでしょ」

「うそじゃねえよ。安西だって見たんだから。な？」

「ほんとなの？」

「うん、見た、見た」

「テツにきいてるの！」

問いかけても、テツは赤い目をしてうつむくだけ。

イライラするなあ。

「どうなのっ」

「え、あの、その……ぼく、盗んでないよ」

ようやくテツが口を開いた。こっちまで情けなくなるような半べそのかすれ声。

「落ちてたんだ。本当だよ。ぼくの机の下に落ちてて、それで、拾って、その……」

「へえ、落ちてたもんは自分のものにしていいのか。知らなかったなあ」

「おまえ、百万円が落ちてたら、自分のものにすんのか？」

「おい、どうなんだよ、泥棒」

やんややんやとせめたてる良行たち。

あーあ、くだらない。

「テツ、さっさと返しちゃいなよ、そんなもの。拾ったってしょうがないでしょ」

あたしはテツの席まで歩みより、机のなかから布製のペンケースを引っぱりだした。ファスナーを開けると、なかには五センチくらいのちびた鉛筆ばかりがごろごろ入っている。不器用な手で削ったんだろう、どれも先っぽがぎざぎざで不格好ななか、一本だけ、機械できれいに削られた真新しい赤の色鉛筆がぴっかり光っていた。

赤い色鉛筆。

あ、そうか。テツは恵子に太陽を描かせてあげたかったんだ。

テツの誕生日に「赤がないから太陽が描けない」と泣いていたテツの妹。その鼻水だらけの顔を思いだして、なぜだか胸がずきんとした。

「おい、やめろよ。いじるなよ。それは泥棒の動かぬ証拠なんだから」

良行があたしからペンケースをとりあげようとする。

「いいかげんにしてよ」

あたしは良行の鼻先に赤い色鉛筆を突きだした。

「返すわよ、これ。返せばいいんでしょ」

「いらねえよ、もう。テツのふでばこに入ってたもんなんて、魚くさくて使えるか」

良行が鼻をつまむと、それを合図のようにワル軍団がどっと笑った。

「それにさ、なんだよ、おまえ。なんでそんなにテツのことかばうんだ？　テツにホレてんの？　将来は腐った魚屋のおかみさんですか」

調子にのってはやしたてる良行。教室の男子がヒューヒュー口笛を鳴らす。

このまま良行の鼻の穴に、このよくとがった色鉛筆を突きさしてやろうと思った。でも凶器は反則。素手で勝負だ。

「言っとくけど、テツんちの魚はね、腐ってなんかないわよ」

良行をにらみつけ、あたしが右手をふりあげた、そのとき――。

「ちょっと、あんたたち！」

陽子が椅子を蹴《け》って立ちあがった。

「いつまでクソくだらないこと言ってんのよ。中学生にもなってばかみたい。さゆきにまでちょっかいだすなんて、許せない」

「ほんと、こいつらガキだよね」

すました口調で美砂も加勢する。

「なんだと」

「なによ」

「静かにしてください」

と、ついに出た、学級委員長のおきまりのセリフ。

「今、騒いでる人はあとで先生に報告します」

「勝手にしろよ、密告者」

「なによ、それ」

「おまえみたいなスパイが日本の未来をダメにするんだよ」

「言ってること、頭わる！」

なんだかへんな方向に広がっていく争いの輪。

ふと気づくと、争いの原因、テツの姿がない。どさくさにまぎれて、まんまと逃げだしたみたい。

さすがいじめられっ子のベテラン、確実に逃げ足だけは速度を増してるわ。

なんだか一気にばかばかしくなって、あたしはこっそりと騒がしい教室をぬけだした。

今日はもう帰ろう。帰ってすやすや眠ろう。とっさにそう決めた。

校舎を離れてから、どうも体が軽すぎるのでおかしいな、と思ったら、鞄《かばん》を教室に置きざりにしていた。今さら引きかえすのもしゃくにさわるから、そのまま帰ってしまうことにする。

手ぶらで歩く帰り道は、いつもよりずっと体が軽い。

心のなかにある重たいものをみんな、こんなふうにどこかに置きざりにすることができたら、気分もずっと軽くなるのに……。


こんな時間に帰るとママが心配する。

不良になったと思われたらこまる。

見つからないように、こっそり部屋に入ろう。

屋根っていうのは、ただ家の上にのっかっているだけじゃなく、じつにいろんな面で人間の生活に役立っているんだな……などと感心しながら、あたしはうちの屋根をよじのぼった。

これにはちょっとしたテクニックがいる。まずは庭をかこむコンクリートの塀にのぼって、つぎに、となりの家の出窓に足をかける。そうするとうちのベランダの柵《さく》に手が届くので、しっかりとにぎりしめて屋根に飛びうつる。ひとつまちがえるとただの空き巣だ。

だれにも見つからずに無事、窓から部屋へ入ると、あたしはベッドに直行した。

そのままぐっすり眠りこんで、起きたら夕方の六時半。

なんだか無性に真ちゃんに会いたくなった。

ねぼけまなこをこすりながら階段をおりていくと、テーブルで勉強しているお姉ちゃんの姿が目に入った。

いやだな。

このところ日増しにピリピリしていくお姉ちゃんは、最近なにかとあたしにからんでくる。受験って迷惑なものだ。

「あら、さゆき。いつ帰ったの?」

台所からママがひょっこり顔を出した。

「さっき」

「さっきって、いつよ」

「さっきは、さっきよ」

「もう。あなたとは話になんないわ」

ママが顔を引っこめる。ほっ。

あたしは冷蔵庫から100%オレンジジュースを出し、コップにたっぷりとそそいで飲みほした。

「ママ、あたしちょっと出かけてくるね」

「どこに？」

「どこって、ちょっと」

「真ちゃんちでしょ」

ノートにペンを走らせたままお姉ちゃんが言った。

まったく、こういうことには敏感なんだから。

「そうだよ。真ちゃんちに行くの。悪い？」

「やめなよ、こんな時間に」

「こんな時間じゃないと、真ちゃん、家にいないんだもん。ね、ママ、いいでしょ」

「やめなってば」

「お姉ちゃんにはきいてない」

「なによ」

お姉ちゃんがペンを休ませ、あたしをにらみつける。

「前から言ってるけどさ、さゆき、あんまり真ちゃんに近づくんじゃないよ」

「どうして？」

「どうしてって……いくらいとこだからって不自然じゃない、真ちゃんだってもういい年なんだから。いつまでもいっしょに砂遊びしてた真ちゃんじゃないんだよ。髪の毛なんか金色にしちゃって。ああいう不良にかかわってると、あんたまでそうなるのよ。だから近づくなって言ってんの」

「真ちゃんは不良じゃないよ」

あたしはお姉ちゃんをにらみかえした。これ以上、お姉ちゃんに真ちゃんの悪口を言わせたくなかった。

お姉ちゃんと真ちゃんは昔から相性が悪かったけど、それでも、お姉ちゃんだっていっしょに砂遊びしてたじゃない……。

「不良よ。みんなそう言ってる。高校にも行かないでふらふらしてんじゃない」

「ふらふらなんか、してない」

「してるわよ」

「してない！」

大声でさけぶと、のどの奥がじわじわ熱くなった。

「どうしてそんないじわるばっかり言うの？　お姉ちゃんいつから真ちゃんのこと、そんなにきらいになっちゃったの？」

「高校の受験をすっぽかしたとき。ああいういいかげんなやつはきらいなの」

「だってあれはおじちゃんが勝手に申しこんじゃった高校じゃない。真ちゃんは最初から決めてたんだから、中学卒業したらバンドに全力投球するって」

「そんなの言いわけに決まってる。受験勉強したくないだけよ」

「勉強したくないのはお姉ちゃんなんじゃないの」

「どういうこと？」

「自分がいい高校に行きたいから勉強してるくせに、お姉ちゃん、イライラしてやつあたりばっかり。ほんとはお姉ちゃん、受験なんかしないで自分の好きな歌うたってる真ちゃんがうらやましいんでしょ」

「ちがうわよ」

「ちがくない。お姉ちゃん、ひがんでる」

パチン！

するどい音がして、ほっぺたに痛みが走った。

先をこされたな、と思って、あたしも思いきりひっぱたきかえす。

バシッ！

「ひどいっ」

「どっちがよ」

「あんたたち、いいかげんにしなさい」

台所からママが駆けてきた。手にした包丁が怖い。

「さゆき。ママもね、あんまり真治くんに近づいてほしくないわ。あなただってもう子供じゃないんだし、前みたいにはいかないんだから」

やけに落ちついたママの声。最後まできかずにあたしは部屋を飛びだした。

「放っておけばいいよ。あの子、今、反抗期なんだから」

お姉ちゃんの声が背中に突きささる。

反抗期……か。だれが作ったんだろう、そんなもの。

あたしは急に悲しくなって、音も立てずにそっと玄関のドアを閉めた。


プレハブに明かりがついていない。

眠ってるのかな、真ちゃん。

気づかれないようにそっとノックしたのに、

「さゆきちゃん？　さゆきちゃんでしょ」

二階の窓からおばちゃんの声。しっかり見つかってしまった。

「ちょっと待ってて。すぐ行くから」

待ってるべきか、逃げるべきか。迷っているあいだにも、トントントン、と階段を駆けおりる音が響いて、玄関のドアからおばちゃんが現れた。

「ごめんね。真治、今日はまだ帰ってないの」

「そう」

「さっき、さゆきちゃんのママから電話があったわ」

「……」

「あまりママに心配かけちゃダメよ。ね？」

疲れた顔をしてほほえむおばちゃん。あたしは昔からこの笑顔に弱い。

「真治と仲良くしてくれるのはうれしいけど、ほどほどにしないと。もしさゆきちゃんが高校に行かずに真治みたいになったら、おばちゃん、責任感じちゃうわ」

「どうして？」

「どうしてって……」

「あたし、真ちゃんって、すごくいいと思うよ。世界中のみんなが真ちゃんみたいだったらいいって思う」

「ありがとう」

「どうして責任なんて感じるの？」

「そう、ねぇ」

おばちゃんはほうっと息を吐きだした。

「さゆきちゃんも、大人になればわかるわ」

おばちゃんも、子供にもどればわかるのに。

真ちゃんのいいところが、いっぱい。

のどまででかかった言葉をのみこむと、胸が苦しくて泣きそうになった。

「ね、おばちゃん」

「なあに」

「もう、みんなで旅行に行ったりできないのかな。小さいころみたいに……馬にのったり、海で遊んだりして、楽しかったね」

「……」

「夜はみんなで枕の投げっこして遊んで……高志くんとお姉ちゃんと真ちゃんとあたし、うるさいってみんなでいっしょに怒られて、でも楽しかった」

「そうね。楽しかったわね」

「うん。でももう無理なのね、そういうのは」

おばちゃんの笑顔がくずれた。

さびしそうな瞳《ひとみ》、はじめて見た。

もう、見たくない。

「おやすみなさい、おばちゃん。また来る」

あたしはおばちゃんに背中をむけた。

「おやすみなさい。まっすぐ家に帰るのよ」

「うん」

「気をつけてね」

「うん」

「さゆきちゃん」

「え？」

「ごめんね」


うん、とかわいく返事をしたものの、かわいくそのまま家に帰る気はさらさらなかった。

それでも、しとしと雨が降ってきて、お腹がすいて、心配そうなおばちゃんの瞳が頭にちらついて、結局、とぼとぼと帰るはめになった。

「来月から新宿で暮らす」と、真ちゃんから悪夢のような知らせを受けたのは、その夜のこと。

5

プルルルーッ。

プルルルーッ。
プル……ガチャ。
はい、藤井です。

『もしもし、さゆきか？
ん、おれ。真治。
さっきうちに来たんだって？
おふくろ、心配してたぞ。
またかーちゃんとけんかしたのか。
え、ねーちゃん？
ま、どっちでもいいけどさ。
あんまり心配かけんなよ、その若さで』
午後九時すぎのテレフォン・コール。
受話器からきこえてくる真ちゃんの声は、どことなくいつもとちがった。
『あのさ、さゆき。

こういうの、電話で言うのひきょうかもしんないけど……。
でもおれ、さゆきの顔見ると言えなくなるからさ。
ずっとおれ、言おうと思ってたんだ。
言おう、言おうと思ってて、で、ずっと言えなかった……』

どうしたの？
足の先が冷たいよ、真ちゃん。
スリッパはいてくれればよかった。
ね、なにが言いたいの？

『おれ、来月、新宿に引っこす』

え？

『あのへんでひとり暮らししてる友達がいてさ、新しいバンドのメンバーなんだけど、しばらくおれ、そいつといっしょに暮らすことにした。
ごめんな、だまってて。

ずっと隠しててごめん……。

でもおれ、新宿でさ、歌、うたいたいんだ。

ここよりもっとでかい街で、もっとゴチャゴチャ人がいる街で……

もっとなんかキラキラしたところで、歌、うたいたい……』


ひんやりした受話器。

体がカキンと凍りついて、真ちゃんの声がだんだん遠くなっていく。

頭のなかがパニック。

わけがわからなくなって、気がつくとベッドのなかで泣いていた。

つぎに気がついたときは、もう朝。

いつのまに眠ってたんだろう……。

まだ完全にさめきっていないぼやけた頭に、ママの声がわりこんでくる。

「さゆき、さゆき、起きなさい」

いや、あたし起きない。

「ほら、いつまで寝てるの？」

いつまでも。

「今日はいい天気よ。お布団、干すんだから早くどいて。もう、どうしたの？」

ママ、あたし昨日いやな夢を見た。

真ちゃんが電話で、新宿に行くっていうの。

新宿で暮らすって。

あれは夢だよね。

ひどすぎる悪夢だよね。

でも、もし夢じゃなかったら……。

そしたらあたし、このままずっと眠りつづける。

このお布団のなかで余生をすごすわ。

眠り姫みたいに。

「なにぶつぶつ寝ごと言ってるの？　いいかげんにしなさい！」


結局、あたしは眠り姫にはなれなかった。ママは五分おきにパワーアップして起こしにくるし、昨日の色鉛筆事件を思うと、テツのこともちょっと気になるし。

ついにあたしは布団からはいあがり、１００％オレンジジュースを飲んで（食欲まるでナシ）、顔を洗い、歯をみがき、セーラー服に着がえてブラッシングまでして……

あーあ、とうとう学校へ行くはめになった。

昨日、鞄《かばん》を学校に忘れてきたため、手持ちぶさたで落ちつかない。しょうがなく、食卓の花びんにさしてあった花を、鞄のかわりに持っていくことにした。

トマトジュースみたいな色の花。血の色にも見える。大きな花びらが四、五枚、外側にふわんと開いている。もう枯れかけているのか、花びらの先がくたっとしていて元気がない。

なんて名前の花だろう。

わからないので、あたしは勝手に名前をつけた。

さゆき。

くたっとしたところがそっくりだ。


テツはやっぱり弱虫だった。骨の髄からいくじなしだった。

十分ほど遅刻して教室に入った瞬間、ぽっかりと空いているテツの机を見てそう確信した。

三木先生は朝のホームルームで「哲也《てつや》くんは風邪でお休みだそうです」なんて言ってたけど、だまされちゃいけない。健康だけがとりえのあのバカが、そんなにタイミングよく風邪をひくわけない。

あたしだって今日は学校なんか来たくなかったのに。

ホームルームのあと、むかむかしながらテツの空席をにらんでいると、

「おっはよう、さゆき」

「昨日は勇ましかったねぇ」

陽子と美砂が声をかけてきた。

「良行ってマジ性格悪い。頭に来たからさ、掃除の時間にあたし、手がすべったふりしてバケツで水ぶっかけてやったんだ」

「あたしも、足がすべったふりして跳びげりしてやったんだ。すっきりした」

「そ、そう」

どっちが勇ましいんだろうと思いつつ、あたしはあいまいに笑った。

「けどさゆき、昨日はどうしたの？　あのあと急にいなくなっちゃったから、心配してたんだよ」

「ごめん。なんか急に……その、死ぬほど眠くなっちゃって、家で寝てたの」

「それだけ？」

陽子が疑いのまなざしをむける。

「さゆき、なんか悩んでるんじゃない？　こないだから」

「ん」

その悩みがもうひとつ増えたとは、さすがに言いづらい。

「悩みごとがあるんだったらさ、あたしたちに相談するか、さっさと立ちなおるか、どっちかにしてよ。気になってしょうがないんだから」

美砂が言って、ちらっとテツの席をふりかえった。

「テツが休みなのも気になるよね」

「だいじょうぶかな、あいつ。昨日のショックで寝こんでんじゃない？」

陽子までが心配そうな顔をする。

「放っとけばいいよ、あんなやつ。なんかあるとすぐめそめそして、逃げて、いじけて……小さいころからぜんぜん変わってないんだから」

あたしが冷たく言いすてると、

「ん……。でもさ」

陽子は照れくさそうに目をふせた。

「テツって、弱虫で泣き虫でバカみたいだけど、でも、いいとこもあるじゃん、たまに」

「いいとこ？」

「太郎が死んだとき、あたし、教室で泣いてたでしょ。そしたらテツが寄ってきて、言ったの。『泣かないでよ。ぼくんち、犬はいないけど、妹か弟でよかったら一匹わけてあげるから』って。笑っちゃうでしょ。それであたし、泣くの、やめたんだ」

思わずぷっと吹きだしてから、あたしたちはなんとなくしんみりしてしまった。

良行は今日も元気に教室を飛びまわっている。バケツの水をぶっかけられても、跳びげりをされても、自分がいじめた相手が学校に来なくても、良行みたいな子はなんにも気にせずに死ぬまで元気に生きていくんだろうな。

「今日、テッんち寄ってみる。学校の帰り」

あたしが小さくつぶやくと、陽子と美砂はそろってにっこりうなずいた。

放課後、あたしは給食のプリンを鞄にしのばせ（三木先生から「哲也くんに、お願い」とたのまれて、こばめなかった）、テツの家へむかった。

駅前の商店街は夕方の活気に満ちている。

今ではスーパーマーケットやコンビニという便利なものができたけど、あたしはやっぱりこの商店街が好き。

騒々しい人ごみ。

いろんな食べもののまざりあった匂い。

買いものかごをさげたおばさんたちの笑い声。

少しずつ傾いていく夕日の色。

この町の、この小さな町の空気が、ここにぎゅうっとつまっている気がする。

野菜は八百屋で買って、お肉は肉屋で買って、魚は魚屋で買って……。

そんなあたりまえの生活、大人になってからもできたらいいな。

「おばさん、こんにちは。テツ、寝てる？」

テツんちの魚屋をのぞいて、今日も元気そうなおばさんに声をかけると、

「あらまあ、さゆきちゃん、わざわざ来てくれたの？　どうもありがとねえ。それが、テツったら朝は部屋でゴロゴロ寝てたのに、さっきのぞいてみたらいないのよ。まったくどこをほっつき歩いてんのかしら、学校休んで。ほんとにしょうがない子だねえ、さゆきちゃん、勉強教えてやってね」

息もつかせぬスピードでおばさんはしゃべりだした。

「おばさん。テツ、本当に風邪？」

たじろぎながらも、あたしがききづらいことを思いきってたずねると、

「アハハ、ありゃあ、どう見たって仮病だね」

おばさんは豪快に笑う。

「でもね、仮病ったって、立派な病気だよ」

「病気？」

「そう、心の」

「……」

「でも、こうやってさゆきちゃんが来てくれるうちは安心よ。だいじょうぶ、きっと明日になったらけろっとしてるから、あの子は」

おばさんはそう言って、あたしの頭に右手をポンとのせた。

大きくて、あったかい手。

この手のなかで育てられたテツは、もしかしたらあたしが思っているよりも、ずっと強い子なのかもしれない。

一瞬、そんな気がした。

「それにしてもあの子、どこ行っちゃったのかしらねえ。もうこんな時間だっていうのに」

夕暮れの空を見あげて、おばさんがふいに不安げな表情をのぞかせる。

「だいじょうぶだよ、おばさん。あたし、知ってるから、テツのいるところ」

あたしは自信を持って言いきった。

家にいないとなると、絶対にあそこだ。

「えっ、どこ？」

まんまるい目をパチパチさせるおばさんに、

「秘密の場所」

なぞの文句を残して、あたしは駆けだした。

秘密の場所へ。

昔。

まだあたしたちが虫採り網を片手に蝶々《ちょうちょう》を追いまわすくらい小さかったころ。

高志くんと真ちゃんとお姉ちゃんとあたしは、ほとんど毎日のように四人で遊んでいた。

林へ、

森へ、

川へ、

そして、だれも知らない遊び場を発見するために、まっすぐな川原道を四人ならんで歩いた。

先頭が、リーダー格の高志くん。

つぎが、しっかり者のお姉ちゃん。

そのあとに真ちゃんが続いて、あたしはいつもびりっけつだった。

おとぎの国の兵隊さんみたいに、きちんと整列してあたしたちは歩く。

そうすると、決まって後ろからひょこひょこ追いかけてくる、小さな男の子がいた。

それが、テツ。

「いっしょに連れてって」

泣きそうな顔でテツが言うと、いつも高志くんは首を横にふった。

「ダメ。テツはすぐ泣くから」

「そうよ。足手まといになるから、いや」

お姉ちゃんもプイとそっぽをむく。

置いてきぼりをくらったテツの泣き声をききながら、ふたたび歩きだすあたしたち。

「放っとけよ、テツなんか」

高志くんの命令。

それでも、置いてきたテツの涙が頭にちらついて、だんだん足が重くなっていく。

五分くらいいして立ちどまると、決まって真ちゃんも足を止めていた。あたしと真ちゃんは顔を見合わせて、同時に後ろをふりかえり、走りだす。来た道を引きかえして、テツをむかえに。

それが、いつものパターンだった。

とりのこされたテツが泣いている場所は、いつでもひとつ。

この小さな町を一番きれいに見渡せる小高い丘。人家から離れているせいか、静かで、よけいな物音がひとつもない。黒々とした土と、風の匂いと、足下を覆うぺんぺん草と。

そこが、あたしたちの「秘密の場所」だった。

そこから見える景色は最高で、雪の降った朝や、木の葉が紅《あか》く染まる季節なんかは、本当に胸がドキドキするくらい町がきれいに見えた。

この丘は、あたしたち三人だけのものにしようね。ほかの人に教えるのはもったいないよ。

いつのまにかそんな約束をした。

テツを迎えに行ってから、あたしたちはいつも日が暮れるまでその丘で遊んだ。


やっぱり。

テツはそこにいた。

何年かぶりに来た丘の上、ひざを抱えたテツの小さな背中があった。

「テツ」

呼びかけると、その背中がピクンと震えた。

「さゆきちゃん！」

ギョッとした顔でふりむいたテツ。やがて、うっすらと笑った。

「よくわかったね、ここ」

「そりゃそうよ。あんた、ちっとも変わってないんだから。いじけたときに来る場所まで昔のまんま」

言いながらあたしはテツのとなりに腰かけた。

「もう、いじけてないよ、ぼく」

町に顔をむけたまま、テツがつぶやく。

「決心したんだ。ぼく、もっと強くなるって」

「は？　やっぱりあんた、熱でもあるんじゃない？」

「そんなんじゃないよ。ほんとに、ほんとに、強くなるんだ」

「なんなの、いきなり」

あたしが前かがみにテツの顔をのぞきこむと、

「昨日、きいたよ、真ちゃんから」

テツは表情をぴくりともさせず、器用に口だけを動かして言った。

「東京に行くんだってね、真ちゃん」

どくどくっと、心臓がせわしなく音を立てはじめる。今日一日、そのことをできるだけ考えないようにしていたあたしの努力は、この瞬間にだいなしになってしまった。

「さゆきちゃん、真ちゃんの歌、きいたことある？」

「あるよ、一回だけ」

あれは真ちゃんが高校受験をすっぽかした夜だった。

おじちゃんになぐられたらしく、左のほっぺを赤紫に腫《は》らしてうちにきた真ちゃんは、

「昨日の夜、すっげーいい曲ができたんだ。だれかにきいてほしくってさ」

けろっとした顔でそう言うと、あたしの部屋で自作の歌をうたいだした。

むずかしい言葉や英語ばかりで歌詞はよくわからなかったけど、うたっている真ちゃんの目は真剣で、腫れたほっぺが痛々しくて、きいているうちにあたしはなんだか泣きたくなった。

真ちゃんは本当に、心から歌が好きなんだな。

そのとき、そう思ったっけ。

そしてあたしも真ちゃんの歌が大好きになった。

「ぼくね、昨日、はじめてきいたよ。真ちゃんの歌」

テツがちょっと得意げに言った。

「昨日の夜、真ちゃん、うちに来たんだ。ぼく、そのとき落ちこんでて……いじめられるのなんかなれてるけど、でも泥棒とか、家の悪口とか言われたのがくやしくて。そういう話、真ちゃんにしたら、そしたら真ちゃんが突然……」

「突然？」

「おまえ、もっと強くなれ、って」

「……」

「おれ新宿に行くから、おまえ、もっと強くなれって、真ちゃん……。きっと、さゆきちゃんのためだよ」

「あんたのためでしょ」

「ん……でも、それだけじゃないよ。真ちゃん、自分が遠くに行くもんだから、だれか強い人をさゆきちゃんのそばに置いときたいんじゃないかな」

「そんな……」

「きいたよ、真ちゃんちのおじちゃんとおばちゃんのこと」

テツがいきなり話を変えるから、あたしはますますどきっとした。

「ぼく、ぜんぜん知らなかったけど、あそこのおじちゃんとおばちゃん、もうずいぶん前からなんかダメだったみたいだね。ずっと家のなかの空気が悪かったって、真ちゃん、言ってた。だから、さゆきちゃんが家に来るのがうれしかったって」

「あたし？」

「さゆきちゃんが遊びに来ると、家のなかに花が咲いたみたいになるんだって。おばちゃんもよく笑うし、おじちゃんも機嫌がよくなるし、だから、さゆきちゃんにはすごく助けられたって」

「……」

「そのさゆきちゃんを置いて新宿に行くこと、真ちゃん、きっと悩んだと思うよ」

あたしはプイッとそっぽをむいて、うるんだ瞳《ひとみ》を隠した。春のひなたぼっこみたいなテツの声は、あたしのどこかで凍りついていた涙をじわじわととかしていく。

「ぼく、約束したよ、強くなるって。それから、真ちゃんにうたってって頼んだんだ。新宿に行っちゃう前に真ちゃんの歌がききたくて……。真ちゃん、照れながらうたってくれた。ジンジンしたよ。ぼく、好きだなあ、真ちゃんの歌。もっといろんな人にきかせてあげたいって思ったよ。真ちゃんもきっと、もっといろんな人にきいてほしいんだね。だからさ、さゆきちゃん」

妙に大人びたテツの瞳が、あたしの瞳をのぞきこむ。

「さゆきちゃん、真ちゃんのこと、引きとめたりしないよね。東京の、キラキラした街で好きな歌、いっぱい、うたわせてあげようよ」

「……」

じわっと右目に涙がうかんで、つられたように左目からも涙があふれる。

こらえても、こらえても、止まらない。

「真ちゃん、さゆきちゃんのこと、すごく心配してたよ。さゆきちゃんは一見たくましいけど、じつはぼくよりデリケートなんだって、ほんと？」

「ばか」

テツの頭をぽこんと叩《たた》いてから、あたしはわああと声をあげて泣きだした。

あたしが行かないでと泣いて頼んだら、真ちゃんは新宿に行くのをあきらめてくれるかもしれない。弱虫だったテツを残して、高志くんたちと遊びに行けなかったみたいに。こっそりとこの場所にもどってきてくれるかもしれない。

でも、そんなこと、できないよ。

真ちゃんはなによりも歌が好きで、あたしは歌の好きな真ちゃんがだれよりも好きなんだから。

「もう泣かないでよ、さゆきちゃん」

なかなか泣きやまないあたしに、こまったようなテツの声。

「ぼく、真ちゃんのかわりに強くなるから。今日もね、学校休んでここに来て、町にむかってずっとつぶやいてた。強くなるぞ、強くなるぞ、って」

「あんたなんか百人いたって真ちゃんにはかなわないよ」

むくっと顔をあげて言うと、テツはちょっと考えてから、

「うん。でも、いないよりはマシだと思うな」

ばかみたいにまじめな顔をして言うので、あたしはおかしくなって吹きだした。

なんだか、へん。テツをはげますつもりでここに来たのに。

「帰ろう」

テツが立ちあがってズボンについた砂をはたく。

「うん」

あたしもしゃきんと背をのばし、夕暮れの町を見渡した。

空を染めていた橙色《だいだいいろ》は、もうすっかり闇のなか。

ちらほらとまたたきはじめた星と、町のかすかなネオンの光。

どこか遠くで犬の鳴き声がきこえる。

「もう、しばらくここには来ないかも」

小さな声でつぶやくと、となりでテツがうなずいた。

「でも、ここから見える景色は、変わらなければいいな。十年後も、百年後も、このままずうっと」

「うん。千年後もね」

顔を見合わせて笑ってから、あたしたちは町のなかへともどっていった。

6

恐怖の日が刻々とせまってくる。

赤丸のついたカレンダーの十一月十九日。真ちゃんが新宿に引っこす日。

たまに、「ギャーッ！」とさけんでカレンダーを引き裂きたくなるけど、そんなことしたってしょうがない。

考えてみれば新宿なんて、行こうと思えばいつだって行ける。サウジアラビアやブラジルじゃあるまいし。

それに今は、そう、電車やバスっていう便利な乗りものがあるんだしね。声がききたくなったら、電話だってある。

手紙も書ける。

もちろんメールも。

いざとなったら電報だって……。

などなど、いろんな言葉で自分をはげまして、ようやくあたしにも「よし、こうなったら笑顔で見送ってやろうじゃないの」と思えるくらいの覚悟ができた。

左のほっぺにぽつんとできたニキビ。

もう年ごろね、とママが笑う。

十九日までになおればいいいな。

十一月に入って最初の休日、文化の日。

ぽかぽかとあたたかい陽気のなか、あたしがいつまでもぐだぐだとベッドに寝ころ

んでいたら、

「さゆき、いつまでうだうだしてんの！　早く起きて着がえなさい。三木先生がいらっしゃったわよ」

すさまじいスピードで階段を駆けのぼってきたママにどなられた。

「三木先生？」

半分ねぼけてききかえすと、

「いいから、早く支度して。おまたせしちゃ申しわけないわ」

ママは早口でまくしたて、ふたたびダッシュで去っていった。

……なんなんだろう。

むっくり起きあがって窓を開けると、なるほど、たしかに家の前の通りには三木先生の姿がある。水色のカーディガンに花柄のフレアースカート。手にはコスモスの花束。学校にいるときよりもずっと若く見える。

急いで着がえをすませ、あたしは階段を駆けおりた。

「ママ、ママ。先生、なんだって？」

「それが、お花のお礼だとかなんとか……。あがってくださいって頼んでも、ちょっと立ち寄っただけだからって、遠慮してるのかしら。まさかさゆき、なにかしでかしたわけじゃないわよね」

「まさか」

「じゃあなんで先生が？」

「本人にきいてくる」

買ったばかりの真新しいスニーカーをはいて、あたしは玄関のドアを開けた。

飛びこんでくるまぶしい光。

うーん、いい風。


アポナシ家庭訪問の理由はすぐにわかった。

「今朝ね、庭にコスモスが咲いてるのを見つけたの。もうコスモスの季節なのよね。それでね、じーっとコスモスを見ていたら、さゆきちゃんのことを思いだして……。ほら、このあいださゆきちゃん、学校にアネモネのお花を持ってきてくれたでしょ。それでね、お礼にコスモスをあげたくなっちゃったのよ」

両手いっぱいに抱きしめたコスモスの匂いをかぎながら、先生はいつものおっとりとした調子でしゃべりだした。

あたしが学校に持っていったアネモネというのは、鞄《かばん》がわりになんとなく持っていったあの枯れかけた花のことだと思うけど、先生はえらくよろこんでくれたみたい。

「わざわざコスモスのために来てくれたの？」

「わざわざってほどでも……わたしの家、ここからわりと近いのよ。自転車だと二十分ぐらい。今日はちょっと道に迷ったから三十分ぐらいかかっちゃったけど」

「え。先生、自転車で来たの？」

「そうよ」

先生が指さした電信柱のわきには、たしかに白い自転車がある。

「若いなあ」

「さゆきちゃんには負けるわ」

感心するあたしに先生は両手の花束をさしだし、

「ね、ちょっと散歩しない？　いい天気よ」

コスモスの妖精《ようせい》みたいな顔をして言った。


三木先生は本当に花が好きらしい。花だけでなく、様々な植物を育てているという。

「いろんな鉢植えがあるのよ。窓辺には椿の木、たんすの上にはねずみもちの木、ベッドのわきには萩の木。まだまだたくさん。ちょっとした森林浴ができるんだから」

「大変じゃない？　世話が」

あたしが夢のない質問をすると、

「そうね。植物だって生きものだから、大変といえば大変かな。木によっていろいろな癖があるしね」

「癖？」

「そう。水をたくさんやったほうがいい木と、やりすぎないほうがいい木。放っておいても丈夫に育つ木と、まめに肥料をやらなきゃ弱ってしまう木。いろいろよ。それぞれ個性があるのよね」

「まるでうちのクラスね」

あたしがにんまりすると、先生もふふっと笑った。

「そういえば、そうね。さゆきちゃんはどんな木かな」

「どんなのでもいいよ。でも、しぶとい木がいいな。何回も枯れそうになっても、しぶとくしぶとく生きかえって、きれいな花を咲かせるの」

「ステキね」

先生がつぶやいて淡い水色の空を見あげる。

「先生ね、植物のいいところは、光にむかって伸びていくところだと思うの」

「光？」

「そう、太陽の光。先生の部屋にある木はね、どれも太陽の光がさしてくる方向にむかって葉っぱを広げてるのよ」

「ふうん」

「科学的に考えればあたりまえのことなんでしょうけど、先生は感動しちゃう。だって、雨の続く梅雨の最中なんか、太陽の光よりも部屋の蛍光灯のほうがよほど明るいはずなのに、植物たちはごまかされないんだもの」

「頭がいいのかな。ちがうな、植物たちは考えたりしないもんね」

「そうね、植物は考えたりしない。なにかを感じているかもしれないけど」

「じゃあ、きっと植物はみんな、太陽のことが好きなのよ。考えなくたって、自分の好きなものくらいわかるじゃない」

本気でそんなふうに思ったわけじゃないけど、口に出して言うと、そのとおりのような気がした。

植物は太陽が大好きで、その大好きな太陽にむかってすくすく伸びていく。

「そうだといいな」

「そうだといいわね。さゆきちゃんも、一年C組のみんなも、好きなものにむかってすくすく伸びていってくれればいいな」

いつもきれいな先生の声。

吹きぬける風。

空からそそぐ陽射し。

そのすべてがひとつの完璧《かんぺき》なメロディみたいにあたしをくるんでいた。

「ね、さゆきちゃん。このあいだ、哲也くんがいじめられた話、きいたわ。色鉛筆のこと。さゆきちゃんが哲也くんのことかばってけんかしたってきいて、うれしかったな、先生。幼なじみって、いいわね」

「あんまりよくもないよ。……いないよりはマシかもしんないけど」

「わたしね、さゆきちゃんのことも哲也くんのことも心配だったの。でもだいじょうぶね、ふたりとも。もうすぐ二年生になるんだし」

「二年生、か」

「クラスも変わるし、担任も変わるのよね。なんだかくやしいわ、せっかくみんなの個性がわかりかけてきたところなのに。みんなにとっては、もっとベテランの先生のほうがよかったかもしれないけど」

「そんなことない。あたし、三木先生でよかったよ。たった一輪だけ学校に持っていった花のこと、こんなふうにおぼえてくれてる先生でよかった」

「ありがとう」

先生は今までで最高の笑顔を作った。

休日の朝っぱらから、コスモスの花束を抱えて生徒の家へ自転車を走らせる、三木先生にしかできない特別なスマイル。

「先生」

あたしは足を止め、先生の背中に呼びかけた。

「なあに」

「あのね。夏休みの作文、あれ、うそなの」

突然だけど、今、どうしても白状したくなってしまった。

「アフリカに行ってたなんて、うそ。あの作文、友達に書いてもらったの」

「そう」

先生が瞳《ひとみ》をかげらせる。

「うそだったの」

「ごめんなさい。本当は今年の夏、どこにも行けなかったんだ。お姉ちゃんは受験だし、親戚《しんせき》の家はめちゃくちゃだし、海にも行けなくなっちゃったし……。作文に書くようないいこと、ひとつもなかったの」

下をむいてぼそぼそ言いわけをすると、

「わかったわ。正直に話してくれてありがとう」

先生は思ったよりも早く気をとりなおしてくれた。

「でもきっと、書こうと思って探したら、いいことだってあったと思うわよ」

「そうかな」

「自分にとってのいいことは、ちゃんと自分で探さなきゃ」

「はい」

「ところで、あの作文を書いた友達って……答えなくてもいいけど、わたし、なんとなく見当がつくのよね。今年はどうもおかしいと思ったのよ。ターザンだとか、海ぼうずだとか……」

ふいに先生が口を押さえて吹きだした。つられてあたしも笑ってしまう。

きらきら輝く太陽の下、あたしたちの笑いはなかなか止まらなかった。

いつかあたしが大人になって、本当に海外へ行くことがあったら、長い長い作文を書いて、先生に送ってあげよう。

いいことをたくさん探して届けよう。

どんどん流れていく時間。

あたしが眠ったり、笑ったり、あくびをしたりしているうちに、気がつくと今が過去になって、未来が今になっている。

このあいだ、テツが真新しい二十四色入りの色鉛筆セットをにぎりしめてうちにきた。

「真ちゃんに買ってもらったんだ」

めいっぱいニコニコしていたテツ。

「よかったじゃん。これで恵子も太陽が描けるね、思う存分」

「うん。だいぶ遅れたけど、誕生日のプレゼントだって」

だいぶ遅れたけど、あたしも今度の日曜日、約束の海に連れていってもらう。

十一月十八日、真ちゃんのいなくなる前日。

7

日曜日。朝からなんとなく落ちつかなくて、家のなかをわけもなくうろついたり、ぼうっと冷蔵庫をのぞきこんだりしていたら、

「さゆき、ちょっと落ちつきな」

食卓にいたお姉ちゃんが問題集を閉じ、テーブルのむかい側を指さした。

あの夜の大げんか以来、お姉ちゃんとはほとんど口をきいていない。

からまれそうでいやだなあ……と思ったけど、へたにさからってこんな日にけんかをしたくもない。

あたしがむかいの席につくなり、お姉ちゃんは言った。

「新宿に行くんだってね、真ちゃん」

あたしが今、一番遠ざけたい話題だ。

「お金ないくせに、なんでわざわざ新宿なんて」

「この町にいると夢に近づけないんだって」

「ふうん。本気で音楽やるつもりなんだ、あいつ」

「真ちゃんはいつだって本気だよ」

「やることないから、遊び半分でやってんのかと思ってた」

「そんなことない。お姉ちゃんも真ちゃんの歌、きけばわかるよ。ぜんぜん遊び半分じゃないんだから。きっとお姉ちゃんも真ちゃんのこと、好きになっちゃうんだから」

「さゆきは真ちゃんのことになるとすぐムキになるんだから。それくらい真剣に自分のことも考えな」

お姉ちゃんが苦笑して立ちあがり、台所へと消えていく。やがてもどってきたその両手には、100%オレンジジュースのコップがふたつにぎられていた。

根拠はないけど、わが家には、オレンジジュースを飲むと元気が出る、という迷信がある。果汁は濃ければ濃いほど効くことになっている。

「どーぞ」

ふたたびむかい側に座ったお姉ちゃんが、あたしに片方のコップを突きだした。

「どーも」

受けとって一口ふくむなり、いつものあまずっぱいエキスが口のなかにはじけた。

お姉ちゃんは手のなかのジュースを飲まずにじっと見つめている。

「今日、これから海に行くんでしょ。真ちゃんと」

「うん」

本当はないしょにしておきたかったけど、なんでもカレンダーに書きこむ癖のあるあたしは、十八日に二重丸をつけて「真ちゃんと海」なんて書いてしまったのだ。

でも、お姉ちゃんは文句を言う様子もなく、いつまでもジュースに見入ったままでいる。まるでにらんでいるみたいに。

「海ってさ、夕焼けに染まるとパーッてオレンジ色になるんだよねぇ。そんなの見たのってずっと昔だから、忘れちゃった、どんな色か。でも、こんなオレンジではなかった気がする」

「ちがうよ、ぜんぜん」

あたしは声を力ませた。コップのなかのオレンジジュースを海だなんて思っちゃいけない。

「本物の海はもっと深くて濃くて透きとおってるし、もっとしょっぱいよ」

「ハハ、そうだね」

お姉ちゃんが乾いた笑い声をあげ、ようやくジュースを口にした。

「うん、こんなに甘くない」

「本物の海、見たほうがいいよ」

「まあね、受験が終わったら」

「そのつぎは大学受験じゃないの」

「さあ、どうだろ。でもしょうがないのよ、こういう性分なんだから」

マニキュアなんて塗ったこともないお姉ちゃんの爪が、ジュースのコップをはじいてチンと音を鳴らす。

「このあいださゆき、言ったじゃない。あたしが真ちゃんのこと、うらやましがってるんじゃないかって。あれ、ちょっと当たってるかもしれない。べつにあたし、真ちゃんが勉強しなくていいからうらやましいわけじゃないけど」

ほんのり赤らんだほおを隠すようにお姉ちゃんはうつむいて、

「ほら、小さいころさ、よくあたしたち、四人で遊んだじゃない」

「うん。高志くんと真ちゃんと、お姉ちゃんとあたしでしょ」

「そう。みんなで川とか山とか行こうって歩いてても、絶対にさゆきと真ちゃんって、途中でいなくなっちゃうんだよね」

「そうだっけ?」

あたしはすっとぼけて笑った。

お姉ちゃんの記憶から、テツはすっぽりとぬけているみたい。

「そうよ。で、夕方になると砂まみれになって帰ってくるの。『どこ行ってたの？』ってきいても、『秘密』とか言っちゃって。それでも思いきり楽しかった、って顔してんだから、あんた。くやしかったな」

「なんで」

「あたしはね、川に行くって決めたら、絶対に行かなきゃ気がすまない性分なの。だからムキになって最後まで歩いたよ。疲れていやになっても、なんのために川へ行くんだかわからなくなっても、途中で引きかえすなんて冗談じゃないってね。高志くんもそうだったんだと思う。でも、さゆきと真ちゃんって、どこでも楽しそうに遊んでたじゃない。そのへんの沼でも、たんぼでも、空き地でも。そういうところがね、うらやましかったんだ、ずっと」

「ふうん」

お姉ちゃんがそんな昔の話をしたのは初めてだった。

お姉ちゃんがあたしのことをうらやましがってたなんて、びっくりだ。

「あたしは、お姉ちゃんたちがちょっとうらやましかったよ。目的地まできちんとたどりつけるふたりがうらやましかった」

「ほんと？」

お姉ちゃんは一瞬ニヤッとして、それからすまし顔で問題集にむきなおった。

「へんなの」

「ほんと、へんなの」

あたしもニヤニヤしながらグラスに残っていたオレンジジュースを口へ運ぶ。

少し元気が出たかもしれない。

予定より十分ほど早く第二のわが家へ到着すると、真ちゃんはもう家の前でバイクを洗っていた。

「よっ」

黒いダウンの右手が透きとおったブルーの空を指さす。

「海日和《びより》だ」

「うん」

あたしは空をふりあおぎ、大きく息を吸いこんだ。

前に約束していた八月三十一日も、たしか快晴で、今日とおなじような空だったと思う。

あれからまだ三ヶ月もたっていないのに、いろんなことが変わって、季節は秋になった。

でも、真ちゃんが言っていたとおり、海は逃げなかった。

「あ、そうだ。お姉ちゃんから伝言」

「なんて」

「今日はちゃんと目的地の海までたどりつきなさい、だって」

　バイクをとろとろ走らせて約一時間半。途中でちょっとした寄り道や休憩はあったものの、あたしたちはなんとか目的地へたどりつくことができた。

　千葉の外房《そとぼう》。行き場のない野良犬がとぼとぼ散歩をしているような、ちっぽけな海岸だ。

「この砂浜、別名、月の砂漠っていうんだ」

　真ちゃんが教えてくれた。

「さびしそうな名前ね、なんとなく」

　言いながらあらためて見まわすと、人気がなくて波も静かで、本当にさびしい海岸に見えた。

　ちらほらと落ちている花火の残骸《ざんがい》。

　コーラの空き缶。

　スナック菓子の袋。

　つぶれたビーチボール。

夏のかけらたち。

「秋の海ってのも、通な感じでいいだろ、なかなか」

潮風を吸いこんで、真ちゃんが笑う。

「うん。でも……」

でも、もしも夏に来ていたら、あたしたちはもっとべつの海と出会っただろうな。あたしは真ちゃんの新宿行きなど知らずに、まるでちがう気持ちでここにいたはず。

「でも、なんだ？」

「なんでもない」

太陽の陽射しを照りかえす海をめざして、あたしは白い砂浜を駆けだした。砂に足をとられながらも懸命に走った。

「ばかやろーっ！」

波打ち際で、さけぶ。

一回やってみたかったんだ、こういう、青春っぽいのを。

「だれがばかやろーなんだ？」

真ちゃんが後ろから追いかけてきた。

「真ちゃんに決まってるじゃない」

「ん、おれ？　どうして」

「どうしても」

きょとんとしている真ちゃんを横目に、あたしは靴を脱ぎすてた。続いて靴下を脱ぎ、砂浜に放りなげる。赤いフレアースカートをひざまでまくりあげ、ひんやりとした海水に足をひたす。

「冷たいだろ？　風邪ひくぞ」

「うん、冷たい。でも気持ちいい」

あたしはずんずん海のなかへと突きすすんでいった。

「あーあ」

ため息をつきつつ、真ちゃんはなんと靴のまま海に入ってきた。

「おまえ、海水浴に来たのか」

「だってつまんないもん、見てるだけじゃ」

「だったらハワイにすりゃよかったな」

「思ってもいないことを……」

ふりかえりざま、あたしは両手ですくいあげた海の水を真ちゃんにぶっかけた。

パシャ！

キャーキャー言いながら水をかけあったあたしたち。

はしゃぎつかれて海岸にもどったころには、すっかり体が冷えていた。

砂浜に腰をおろしてぶるぶるしていると、

「ほーら、だから言ったろ」

真ちゃんが黒いダウンを肩にかけてくれた。

「風邪ひいたって知らないぞ」

「いいもん、風邪はひいてもなおるから。海でいっしょに遊べるのなんて、今日までじゃない」

「ちょくちょくもどってくるって」

「でももう、そのときの海はちがうのよ、今日の海とは」

「なんだかおれ、さっきからチクチクせめられてるような」

真ちゃんが横でがっくりと肩を落とす。

「やっぱおれってばかやろーか？」

「……」

「言いたいことがあるなら、今のうちに言っといたほうがいいぞ。我慢は健康に悪い」

だったら遠慮なく言わせてもらおうと、あたしは真ちゃんの横顔をにらんだ。

「真ちゃんって、水くさい。なんでもひとりで勝手に決めちゃうんだもん」

「そうか？」

「うん。新宿に引っこすことだって、だれにも相談しないで決めちゃったでしょ。ショック通りこしてぼうぜんとしてたよ、おばちゃん。あたしだってもうちょっと心の準備する時間がほしかったし」

「だから、それは悪かったって……」

「高校受験をすっぽかしたときだって、そう。前もって予告してたら、おじちゃんだってあんなに怒らなかったかもしれないのに」

「……」

「髪を金髪にしたときもそうだったし、プレハブで暮らす宣言だって、すごく突然だったよね」

　バツが悪そうにだまりこんだまま、真ちゃんはスニーカーの先で足下の砂をほじっている。返す言葉がないらしい。

「いつもそうだよね、真ちゃんは。なんでもひとりで決めちゃってから、みんなをびっくりさせて、のほほんとしてる」

「べつにのほほんとはしてないよ。ただdescribed さ、相談したら反対するだろ、さゆき」

「うん」

「さゆきやおふくろに泣いて反対されたら、おれ、なんとなく、あきらめちゃいそうな気がしたんだ。情けないけど。泣かれると、参るんだよ」

「うん」

わかるよ。真ちゃんはそういう人だ。だからあたしは、真ちゃんの前ではあんまり泣いたりしなかった。今日も泣かないと決めてここに来た。

「さゆき」

「ん？」

「おれさ、歌をうたってるときが一番、生きてるって感じがするんだ」

「生きてる？」

「そう。学校で教科書めくってるときよりも、ガソリンスタンドで汗だくになって働いてるときよりも、うまい飯食ってるときよりも……おれ、うたってるときが一番生きてるんだ。そんでさ、いつかおれの歌をきいてだれかが、ひとりでもいいから、悩みとかうっぷんとかそういうの忘れて、スカーッといい気分になってくれたら最高だよな。それがおれの夢だ」

「夢」

「うん。この夢、力ずくでもかなえるために新宿に行く。ごめんな」

最後の「ごめんな」は、ほとんどひとりごとみたいだった。

水平線をじっと見つめる真ちゃん。

真ちゃんには海のむこうに新宿の大きな街が見えているのかもしれない。

「いいな、真ちゃん。うらやましい」

あたしは両手でひざを抱えこんだ。

「なんで」

「だって……あたしはどこにも行けないし、なんにもできないもん」

「できるよ、きっと。さゆきはまだやりたいことが見つからないだけだろ」

「やりたいこと？」

「そう。おれの歌みたいなものが、さゆきにもあるんだ。さゆきにしかできないこと。それはさゆきが自分で見つけるしかないけど、きっとあるよ」

「あるかな」

「ある。さゆきなら見つけられるよ」

真ちゃんに言われると、本当にそんな気がしてくる。

あたしにしかできないこと。

そんななにかを見つけることができたら……。

「うん、あたしがんばって見つける」

「やりたいことが見つかったら、怖がらずにぶつかってけよ。体当たりでドッカンとさ。やりたいことやるために生まれてきたんだからな、おれたち」

怖いくらいにまっすぐな真ちゃんの瞳《ひとみ》。

「うん」

あたしは遠い旅に出る船長さんのように、しゃきんと敬礼をしてみせた。

太陽が西の海へと傾いてく。
オレンジ色に光る海を見るまで、あたしは砂浜を離れなかった。
真ちゃんの話をききながら、
砂の城を作りながら、
小さな蟹《かに》を追いながら、
心のなかでずっとつぶやいていた。
この日を、この海を、忘れないようにしよう。
十三歳の秋の海。
大事な思い出をくれた月の砂漠を。

夕暮れの帰り道は涼しかった。というか、寒かった。

バイクが風を切るたびに、海水をあびた肌がぞくぞくっとする。

一時間半の道のりのあいだに濡《ぬ》れた髪や服はだいぶ乾いたけど、潮のせいで体中がべたべただし、いろんなところに砂がくっついていた。

「そのまま帰ったらやばいんじゃないの。おばさん、ぎょっとするよ」

と真ちゃんが言うから、帰りに真ちゃんの家へ寄っていったら、

「あら、さゆきちゃん！　真治も、なによその格好」

かわりにおばちゃんをぎょっとさせてしまった。

「まったくあなたたち、どろんこ遊びをしてきた幼稚園児じゃないんだから。とにかく、早くお風呂《ふろ》に入りなさい。風邪ひかないようにね」

有無を言わせず、おばちゃんはまずあたしをお風呂に押しこんだ。

一時期は毎晩のように入っていた第二のわが家の湯船。当時はすごく大きく思えたけど、あたしが小さかっただけだった。

体をあたため、全身の潮や砂を落としてからお風呂を出ると、おばちゃんが着がえを持ってきてくれた。

「高志が置いていった服なの。ちょっと大きいと思うけど、とりあえずこれで我慢してくれる？」

「うん。ありがとう」

「濡れた服は洗濯機に入れておいてね」

「はーい」

「着がえたらいらっしゃい。あたたかい紅茶をいれるわ」

手渡された白いスウェットの上下は、たしかに大きかった。ダボダボの服を身につけたあたしはまるで白熊の子だ。この日のためにわざわざ赤いフレアースカートを買ったのに、こんなことになろうとは。

パンツのすそを引きずりながら廊下を歩いていく途中、家の中心部にある大黒柱が目に入った。

大黒柱……。

あたしの足が止まった。できるだけ考えないように、考えないようにしていたおじちゃんのことを思いだしてしまう。

あたしがしょっちゅうこの家に入りびたっていたころ、この大黒柱の前でおじちゃんはこんな話をしてくれた。

「さゆきちゃん、これがこの家の大黒柱だ。太くてがっしりしてるだろう。この家はね、もうずいぶん昔から建ってるんだ。じいさんの代からだから、かなり古い。それでもガタがこないのは、この大黒柱がしっかりしているからなんだ」

あたしは柱に手を巻きつけて、「すごい、すごい」とはしゃいだっけ。

あのときのように、あたしは両手でそっと大黒柱を抱きしめてみた。

おじちゃん……。

この家の大黒柱は今でもしっかり立ってるよ。

でも、家族の大黒柱だったおじちゃんは、もうガタがきちゃったの？

小さいころ、山登りに疲れて「もう歩けない」と泣いたあたしを負ぶってくれたおじちゃんの背中は、この柱みたいに大きくて、がっしりしてて、もっともっとあたたかかったのに。

「さゆきちゃん、なにしてるの？」

おばちゃんの声に、あたしはあわてて柱から手を放した。

「真治の部屋に紅茶、置いておいたわ。早くしないとさめちゃうわよ」

「うん。ありがと」

「ゆっくりしていってね」

にっこりほほえんで台所へ消えていくおばちゃんの背中も、やっぱり、昔とはちがう。ちょっと丸くなって、昔よりたくましくなって、なのに、気のせいか今のほうが心細そうに見える。

あたしはさっときびすを返し、ゆっくりと階段をのぼっていった。

さようなら大黒柱。

あたしたちはみんなもう二度と、あのころのようにはもどれない。

真ちゃんの部屋は空き部屋みたいにがらんとしていた。

実際、明日からは空き部屋になってしまう。

壁際に積みあげられた段ボール箱を目にするたびに胸がつまった。

「真ちゃんの部屋がこんなにすっきりかたづいてるの、はじめて見た気がする。っていうか、この部屋に来たのもひさしぶりだよね」

「プレハブ生活、長かったもんな。なんか中途半端なことやってたよな、おれも」

「中途半端？」

「金もないのに親から離れたくて」

「お金、できたから新宿に行くの？」

「まさか。ただ覚悟ができただけ」

覚悟をかためた真ちゃんは、バンドが成功してもしなくても、きっともうこの家にはもどらない。

おばちゃんが焼いたパンプキンパイをかみしめながら、あたしもそれを覚悟した。

「明日の引っこし、何時だっけ？」

「昼すぎごろ。バンドの仲間が軽トラ借りて来てくれるんだ」

「あたし、見送りに来ないから」

「うん。そう言うと思った」

「テツは見送るって言ってたよ。真ちゃんからもらった色鉛筆で、妹たちと絵を描いたんだって。別れの記念にプレゼントするって言ってた」

「あ、そういえばテツ、あいつ強くなるとかやたら意気ごんでたけど、強くなったか？」

「それさ、最近、授業中に手をあげたりするの。前はさされそうになると死んだふりしてたくせに」

「へえ」

「おまけにあいつ、コミュニティセンターのプールに通いだしたみたい。美砂が見たんだって。中学生にもなってビート板つかってるのなんてテツぐらいだから、すごくめだってたって」

「ハハ。でもそりゃあ、すごい進歩だな」

「今までがへんだったのよ」

あたしは肩をすくめた。

「だいじょうぶだよ、テツは。あいつはあれで妙にタフなとこがあるから。どっちかっつーとおれは、さゆきのほうが心配だな」

「あたし？」

「さゆきはまわりにふりまわされるタイプだからさ」

飲みかけの紅茶を床に置き、真ちゃんはすっくと立ちあがった。

「さゆき、自分のリズムを大切にしろよ」

「リズム？」

「うん。いつも言ってるけどさ、一番大切なのはリズムなんだ」

窓辺の勉強机へと歩みより、引きだしのなかをまさぐりながら、真ちゃんの背中が語りかけてくる。

「ライブハウスで歌なんかうたってると、まわりの雑音がやけに気になるときがある。タチの悪い客が飛ばす野次や、ひそひそ話、鼻水すする音まで。そういうのに気をとられると、自分の思うようにうたえなくなったりしてさ、くやしくってあせると、よけいメチャクチャになる」

「ふうん」

こんな話、はじめてきいた。

「で、どうするの？　そんなとき」

「心のなかでリズムをとるんだ」

真ちゃんが勢いよくふりかえる。

「おれのリズム。まわりの音なんて関係ない、おれだけのリズムをとりもどすんだ。心のなかをからっぽにして、ワン、トゥー、スリー、ワン、トゥー、スリー……って拍子をとる。そうすると、不思議に気持ちがらくになって……」

「それで？」

「また思うようにうたえるようになるんだ」

どきっとするほどまっすぐに笑って、真ちゃんがあたしの前にふたたび腰かけた。

右手には以前、プレハブで目にしたドラムのスティックをにぎっている。

「これ、やるよ。さゆきに」

ふいに目の前にさしだされた一対のスティックに、あたしは「え」と息をのんだ。

「どうして？　だってこれ、大切なものなんでしょ、ものすごく」

「大切なものだから、さゆきにやる。これからはさゆきが大切にしてくれればいいよ」

真ちゃんはからりと言った。

「これからさゆきがさ、まわりの雑音が気になって……親とか、教師とか、友達とかの声が気になって、自分の思うように動いたり笑ったりできなくなったら、そのときは、このスティックでリズムをとってみな。さゆきにはさゆきだけのリズムがあるんだから」

「あたしだけの、リズム？」

あたしはおそるおそるスティックへ手をさしのべた。

「そう、さゆきだけのリズム。それを大切にしてれば、まわりがどんなに変わっても、さゆきはさゆきのままでいられるかもしれない」

「あたしのままで？」

「うん」

「まわりがどんなに変わっても？」

「うん」

「あたしは、あたしのままで……」

「いられるよ、きっと」

真ちゃんの大きな瞳《ひとみ》が、ふんわりとあたしを包みこむ。

いつだってあたしの気持ちを一番わかってくれた真ちゃんの声。

おぼえておこう。

ひとことも、心からもらさないように。

「真ちゃん」

スティックをギュッとにぎりしめて、あたしは瞳を持ちあげた。

「ありがとう」

そして、

「たっしゃでね」

泣かずに言えた。

ひんやりとした木の感触が、てのひらのなかであたたまっていく。

持ちあげると、思ったより重たい。

トン、トン、とあたしは早速そのスティックでひざを打ってみた。

ワン、トゥー、スリー。

ワン、トゥー、スリー。

あたしのリズム――。

8

真ちゃんがいなくなってから四ヶ月近くがすぎた。

手紙によると、真ちゃんは来月、新しいバンドの初ライブをやるらしい。食生活がみじめだとなげいていたけど、そのわりに楽しそう。『アパートの大家さんは親切なじいさんで、たまに米をめぐんでくれる。おれはお礼に演歌をうたってやります』だって。ほんとかな。

お姉ちゃんはこの春、無事に希望の高校へ合格した。おかげでイライラややつあたりは激減し、ママもほっとひと安心。近ごろはよく台所から陽気な鼻歌がきこえてくる。

わが家に平和がもどってきた。

もうひとつのわが家がどうなったのか、あたしは知らない。行くとさびしくなりそうだから、行かない。

先月、一度だけ真ちゃんのおばちゃんと出くわした。学校の帰り、近所の駄菓子屋
の前で。

淡いブルーのジャケットをはおったおばちゃんは、外で会ったせいかいつもより少
しだけよそゆきの顔に見えた。

右手には重たげな鞄《かばん》。駅へ行くと言うので、途中まで送っていくことにした。

「さゆきちゃん、学校の帰り？」

「うん」

「おばちゃんは、これから学校よ」

「学校？」

きょとんとききかえすと、おばちゃんはふふんと得意げに笑って、

「ドイツ語を習いはじめたの。週に二回、ね」

「ドイツ語？」

「そう。べつになんでもよかったのよ。高志も真治も東京に行ってしまったでしょ、
ひとりの時間をもてあましちゃってね。なにかはじめたくなったの。語学は昔から好
きだったし、それに若いころ、ドイツに憧れていたのを思いだして……。思いきって

はじめてみたのよね」

「なんだか、すごい」

あたしは尊敬しておばちゃんを見あげた。

この勤勉な姿勢にあやかりたい。

「ね。なんか教えて、ドイツ語」

「そうねぇ」

おばちゃんはしばし首をかしげてから、すっと空を見あげてつぶやいた。

「ツークンフト」

「つーくんふと。なんて意味？」

「英語だとフューチャーよ」

これならわかる。

「未来」

「そう、未来」

おばちゃんはにっこりほほえんだ。

「おばちゃん、楽しみだわ、さゆきちゃんの未来が。これからさゆきちゃんがどうなっていくのか」

「あたしの未来、か」

あたしはそのはてしないものを想像した。

なにも見えない。なにもわからない。

気が遠くなりそうになったとき、となりでおばちゃんがつぶやいた。

「未来はぽっかり空いているからいいのよね。できるだけステキなことでうめていきたいわ」

おばちゃんには昔から、こういう少女っぽいところがある。おじちゃんとのゴタゴタに疲れているはずの今でも、しぶとく少女っぽいことを言いつづけるおばちゃんが、あたしにはうれしかった。

「またね、さゆきちゃん」

「うん。またドイツ語、教えてね」

「そうね。でもその前にさゆきちゃんは英語ね」

「う」

あたしたちは笑いながら別れた。


通学路に連なる桜の木がちらちらとピンクに色づきはじめて、あたしはもうじき中学二年生になる。

クラスが変わる。担任が変わる。いろんなことがめまぐるしいスピードで変わっていくんだろうな。
でも、あたしはもう怖がらないと決めた。
始業式の朝には、真ちゃんからもらったスティックを鳴らそう。
だれよりもリズミカルに校門を駆けぬけていこう。
きっとあたしは見つけられる。
ふんわりした春風の匂いのなかに、
新しいクラスメートたちの笑顔のなかに、
一年生のときとはちょっとだけちがう自分自身のなかに、
おばちゃんの言うすてきな「つーくんふと」を、たくさん、見つけられると思う。

ゴールド・フィッシュ

序

いとこの真《しん》ちゃんが出演するライブを、あたしは一度だけ見に行ったことがある。

新宿のアップルシティーというライブハウス。

それまでも真ちゃんは渋谷《しぶや》や横浜、下北沢《しもきたざわ》あたりでライブ活動をしていたけど、ぜんぶ夜の部だったのであたしは行けなかった。夜は危ないからダメ、とママに釘《くぎ》をさされていたから。

だいたい、夜のライブなんて行ったら、帰りの電車がなくなってしまう。うちは千葉の外れ、東京からは果てしなく遠いのだ。

ようやく真ちゃんが昼間のライブに出演したのは、去年の夏休み中のこと。

保護者がわりについてきてくれた真ちゃんのおばちゃんや、いやだというのについてきた幼なじみのテツといっしょに、あたしは電車を乗りついで新宿駅におりたった。

片道約二時間半の道のり。

アップルシティーは歌舞伎町《かぶきちょう》に近い七階建てビルの地下にあった。階段をおりてドアを開くと、そのむこうはいきなり真夜中みたいな暗闇で、天井からのライトが月のように青白く光っていた。

おもしろい人たちがたくさんいた。

まるで春の花畑だ。赤、青、黄色――いろんな色の髪の毛が、あちらこちらでゆれている。

全身黒ずくめで決めている男の人。

隅のほうで寄りそっている金髪とスキンヘッドのカップル。

モデルみたいな女の人の腕で躍る蝶々《ちょうちょう》のタトゥー。

「こんなにいっぱいの前で、真ちゃん、うたうんだね」

あたしが小声でささやくと、

「おばちゃん、緊張してきちゃったわ」

おばちゃんは胸を押さえて、

「すごいな。真ちゃん、すごいよ」

テツは興奮顔で「すごい、すごい」とくりかえした。

その日は四つのバンドが出演するライブで、真ちゃんたちはトップバッター。

開演の一時と同時にドラムの音と光が爆発した。

いくつものスポットライトがいっせいにステージを照らしだす。

まぶしくて、あたしは目をふさいだ。

数秒後、そうっとまぶたを持ちあげると、ステージの上には真ちゃんの姿。

真夏の太陽みたいにぎらぎらした瞳《ひとみ》で、真ちゃんはゆっくりとフロアを見まわし、そして、うたいだした。あたしの大好きなハスキーボイス。ちょっとかすれた低い声だった。小さなライブハウスいっぱいに真ちゃんの歌声がふくらんでいく。

二曲目がはじまると、それまで壁にもたれていた人たちが、少しずつステージのまわりに集まりだした。真ちゃんの声に耳を傾け、靴のかかとで床を鳴らし、全身でリズムをとりはじめる。さっきまで赤の他人だった人たちが、バラバラの瞳で、たったひとつのおなじものを見つめている。

「いいんじゃーん」

となりにいたモヒカン刈りの人がつぶやいたとき、あたしはなんだかジーンときて、涙が出そうになった。

おれの歌をきいた人たちが、スカッといい気分になってくれたら最高だよな。それが、俺の夢。

そう言って新宿へ旅立った真ちゃんの夢が叶《かな》っていく――。

そう思った。

そう信じた。

「スターになっても、あたしのこと、忘れないでね」

ステージのあと、タオルで汗をぬぐっていた真ちゃんに冗談半分で言ったら、

「チケット買ってくれた人たちのことは忘れない」

真ちゃんは大まじめにうなずいた。


このとき、あたしは十四歳で、真ちゃんは十九歳。

ライブハウスにはスポットライトが、空の上には強烈な太陽があった。

だまってじっとしているだけで、光が自然とあたしたちを照らしだしてくれるような、そんなまぶしい夏だった。

1

あたしの名前をきくと、みんなはなんとなく冬を連想するみたいだ。「さゆきは冬生まれでしょ」と、よく言われる。それはきっと「さゆき」って名前に、いかにも冬っぽい「ゆき」が入ってるからだと思うけど、うちの両親は娘の名前に季語を使うほど風流な人たちじゃない。

あたしは正真正銘の春生まれだ。

五月。一年で一番空が青い（気がする）季節に生まれた。

だから、あたしは無条件で春が好き。春になると心がはずみ、梅雨に入ると気がめいる。そんな浮きしずみを十四年間、飽きずにくりかえしてきた。

でも、十五年目を迎えた今年の春は、いつもとちょっと様子がちがう。

家族の顔。友達の顔。先生の顔。桜のピンク色まであやしく濁って見えはじめた、この春はどこかおかしい。

おかしいな、おかしいな、と思っていたら、ふいに気がついた。

春のせいじゃない。

あたしは受験生になっていたのだ。


「藤井さんはですね」

と、大西先生は言った。

「志望校がどうとかいう以前に、まずは受験に対する心のありかたと申しますか、いわゆる受験生としての自覚ですね。そうした基本的姿勢の改善からとりくまなくてはならないわけでして……」

「申しわけございません」

あたしのとなりでママが消えいりそうな声を出す。

五月十三日、晴れ。十三日の金曜日で、おまけに仏滅というすごい日の放課後、ついにやってきた初の三者面談。

ねちねち小言を言いつづける先生と、ひたすら恐縮しつづけるママのあいだで、あたしはせめてあくびだけはしないようにと必死の努力をしていた。

「やればできる、とよく言いますが、逆説的に考えてみると、やらなくてはできないわけでして、自分はやればできると過信している生徒ほどいつまでたってもやらない、できない、よって成績もいっこうに向上しないわけで……」

二年生のときから担任の大西先生は、二十代後半のきまじめっぽい男の人。ぱきっと七・三分けにした髪、分厚いレンズの黒ぶちメガネ、地味なネクタイ……と、三拍子そろった冴《さ》えない先生だ。理屈っぽいというか、話がくどくて、簡単なことをむずかしく考えようとする癖がある。

今日の面談だって、ずっとそんな調子。

しまいにはこの先生、

「いやその、藤井さんのことは転任された三木先生からきいてはいたのですがねえ。個性的な生徒なのでよろしくお願いします、と。しかしぼくにはどうも、この個性って意味がいまひとつピンとこないのですよ」

ひとりで悩みはじめた。

「概念といいますか、個性とは果たしていかなるものなのか……」

辞書をひけ、と言いたい。

二時間のような二十分がすぎて、退屈な面談からようやく解放されると、ママの目がふだんの三倍ぐらいつりあがっていた。

「さゆき。あんた、今日から最低、一日三時間は勉強よ」

「四月から二時間はしてたよ」

「そのうちの一時間半は休憩でしょ」

油断も隙もない母だ。ちゃんと見ている。

逃げるように教室を出ていくママを追いかけると、すれちがいにおなじクラスの親友、朋子《ともこ》とそのお母さんが入っていった。

「朋子が終わるまで待ってるって約束なの」

あたしが言うと、

「早く帰って勉強するのよ。三時間、みっちりね」

ママはきついひとことを残して家に帰っていった。

夕暮れの帰り道。あたしと朋子は遠まわりして、田んぼのあぜ道をぶらぶら歩いた。

ときどき犬を連れたおじいさんや、孫を連れたおばあさんとすれちがう。人通りといえばその程度の静かな一本道だ。

なまあたたかい風が吹きぬけていくたびに、植えつけられたばかりの若い稲がいっせいにゆれる。指揮者の手にそって流れるメロディーみたいに。

あたしが鞄《かばん》をふりまわしながら鼻歌を口ずさんでいると、

「大西先生って、ほんとに頭かたいよね」

突然、朋子が顔をしかめて言った。

「今日みたいな面談のときだってさ、進路の希望を決めてくださいって、それしか言わないんだもん。進路よりもまずは将来の夢とかきいてほしいよね。それなら会話もはずむのに」

そう、朋子はもう自分の将来を決めている。

朋子の両親は青葉塾という個人塾の経営者。学校よりも塾のほうが教育機関として優れている、と頭から決めつけている両親に、義務教育の重要性を説くために中学校の教師をめざすというのだから、すごい。こんなしっかり者と友達になったのなんて、生まれてはじめてだ。

「さゆきは志望校、もう決めてるの？」

ふいにきかれて、あたしはとまどった。

「そんな先のこと、まだわかんない」

「そんなに先でもないみたいよ」

「だってまだ五月だし」

「もう五月だよ。受験生は春が勝負、って言うじゃない」

「まあ、ね」

夏になればみんな「この夏が勝負」と、秋になれば「この秋が勝負」と言いだすんだろうな。

「あーあ、今日も帰って勉強かあ。受験戦争ってばかばかしいけど、逃げだすわけにもいかないし、しょうがないよね」

「うーん。でもさ」

前からうっすら思ってたことを、あたしは朋子に言ってみた。

「しょうがない、って言うたびに、なんだかあたしたち、ちょっとずつ年をとってくような感じ、しない？」

「そういえば……うん。する、する」

朋子が大きくうなずいてみせる。

「しょうがない」

「しょうがない」

あたしと朋子は顔を見あわせて笑った。なんだか愉快になってくる。

しょうがない～

しょうがない～

あぁ、しょうがない～

即席で作った歌に合わせて、あたしたちはちょっと人には見られたくないへんなダンスを踊りはじめた。

まさかこの、ちょっと人には見られたくないダンスを、ばっちり見てる人がいるなんて、思いもしなかったのだ。

「ひゃ」

突然、顔色を変えた朋子があたしの腕を突《つっ》いたときには、すでにダンス開始から五分以上が経過していた。

「あの人」

朋子が用水路のほうを指さす。その指をテンテンテン……と目でたどると、白いスウェットの上下を着た人影が見えた。

男の人だ。用水路のわきで、前かがみにしゃがみこんでいる。

お腹でも痛いのかな、と思ったけど、ちがった。

人影は笑いころげているのだ。

もしや、あたしたちのダンスを見て？

ひどい。耐えがたい屈辱に顔をほてらせたあたしたちが逃げだそうとした瞬間、その人影がにわかに立ちあがった。

朋子はそのまま逃げたけど、あたしは金縛り状態になって、「ひっ」と顔をひきつらせたまま動けなくなってしまった。男の人の顔が見えたから。

ひどすぎる。

真ちゃんのお兄ちゃん、高志くんだった。


真ちゃんの家と、あたしの家。ふたつの「藤井家」にいる子供たちのなかで一番年上の高志くんは、昔からみんなのまとめ役だった。どっちのみかんが大きいとか、どっちのいちごが赤いとか、みみっちいことであたしたちが争うたびに「まあ、まあ」となだめてくれる人。すっかり大人みたいになってしまった今は、ひとり暮らしをしながら東京のいい大学に通っているけど、四年生ともなるといい大学も暇みたいで、最近はちょくちょく家に帰ってくるらしい。おばちゃんのためかもしれない。

この家のおじちゃんとおばちゃんが別居をはじめたのは、おととし、あたしが中一だったころ。あれから二年近くがすぎた。離婚はしていないらしいけど、そのへんの事情はわからない。大人はむずかしい。

高志くんはきっと、あの大きな家にひとりで住んでいるおばちゃんのために、ちょくちょく帰ってくるんだと思う。

洋裁の内職をしながら、週に一度、ドイツ語の教室に通っているおばちゃんは、「いつかはドイツに行くわよ」なんてたいそう元気そうなのだけど、やっぱりひとりじゃさびしいんだろうな。

真ちゃんはおととしの秋に新宿へ引っこして以来、一度も帰ってきていない。ビッグになってから帰ってきて、故郷に錦《にしき》を飾るつもりなのだろうと、あたしは思っている。


「こんなところでなにしてるの？」

高志くんからきかれるまえに、先手を打ってあたしはきいた。

「ジョギング。就職活動にむけて体力つけとこうと思ってね。疲れて休んでたら、さゆきの姿が見えた。いいダンスを見て心がなごんだよ」

高志くんは笑いを噛《か》み殺しながら言った。

身長は真ちゃんとおなじぐらい。でも、顔つきはぐっとソフトだ。おばちゃんに似ておっとりした丸顔で、少し目がたれている。

どうせおなじ道なので、いっしょに帰ることにした。

「ひさしぶりだな。さゆきとふたりで話すのなんて」

「ほんと」

「さゆきはいつも真治にべったりだったから。おれのこと、敬遠してただろ」

それは高志くんがガリ勉で近づきにくかったから、とは言えずに、あたしはヘヘッと笑った。

「高志くんはお姉ちゃんとペアだったもん」

「そう、そんな組みあわせだったもん」

高志くんも笑う。

「みゆきは元気？」

「うん」

「あいかわらず勉強一筋か？」

「それがね、なんだかこのごろ恋にうつつをぬかしてるみたいよ、伊藤と」

「伊藤？」

「お姉ちゃんのボーイフレンド。バレー部で、左ききで、高所恐怖症なの」

「ずいぶんくわしいね」

「だって毎晩、電話してるんだもん。いやでもきこえちゃうよ。うるさくって」

「みゆきもやっぱり女の子だなあ」

「勉強はもうほどほどでいいんだって。今を生きるんだって」

「そうか」

　ぷつんと会話がとぎれる。

　あたりの風景が田んぼから畑に変わっていた。落花生の畑を通りすぎ、にんじん畑をぬう坂道をのぼると、人家の連なる町並みが見えてくる。

「高校受験、するんだってね」

　坂道の途中で高志くんがふたたび口を開いた。

「おふくろ、安心したみたいだよ。真治の悪い影響で、さゆきは高校に行かないとか言いだすんじゃないかって、気をもんでたらしくて」

「悪い影響なんてありません」

　あたしはそっぽをむいたけど、じつは二年生のときに一度、真ちゃんに手紙で相談を持ちかけたことがある。

『あたしは高校に行きたいけど、勉強するのはいやです。勉強しなきゃいけないと思うと、本当に、心から、とてもとてもつらくなります。受験をしなきゃ高校にも行けないなんて、おかしいと思う。日本はなげかわしい国です。真ちゃん、あたしはどうすればいいでしょう』

　という、子供相談室のような内容だった。

真ちゃんからの返事は、

『ロックをやってるやつのなかには、世間への疑問や憤りを、音楽を通じて訴えるやつもいる。でも、高校に行きたいけど勉強はしたくないというのは、ただのわがままなので、だれにも訴えないほうがいい』

という身もふたもないもので、あたしは心底がっかりした。

やっぱり受験勉強からは逃れられないのか……。

そんなことを考えているうちに長い坂道が終わり、舗装されたアスファルトの歩道に出ると、高志くんが「じゃあね」と右手をあげた。

高志くんは右へ、あたしは左へ。分かれ道だ。

「勉強、がんばれよ」

「高志くんも就職、がんばってね」

さっき就職活動がどうとか言ってたのを思いだして、あたしは言った。

「やっぱり裁判所に就職するのって、大変なの？」

「裁判所？」

高志くんがきょとんとなる。

「裁判官になるんでしょ」

あたしもきょとんと言った。

「ああ……そういえば高校のころ、そんなこと言ってたっけ。でも、大学生にもなると身のほどがわかってくるからね。ふつうの企業に就職することにしたよ」

さわやかな笑顔で言い残すなり、高志くんはもう一度「じゃあ」と手をふり、右に折れていった。


なんだかものすごくがっかりした。

あたしは高志くんが裁判官になるものと信じこんでいたのに。

だって、自分で「なる」って言っていたんだから。

ついでにうちのお姉ちゃんも、去年までは「弁護士になる」と宣言してガリガリ勉強していた。伊藤と出会うまでは。

高志くんが裁判官で、お姉ちゃんが弁護士なら、将来どんな事件に巻きこまれても怖いものナシね、なんてあたしはひそかにほくそ笑んでいたのだ。

だからってわけじゃないけど、「ふつうの企業に就職するよ」と高志くんが言った瞬間、ショックでしばらくぽかんとしてしまった。

そのショックが尾を引いて、夕食のあとも居間でうかない顔をしていたら、ママが目ざとく気がついた。

「どうかしたの？　さゆき」

「べつに」

「べつにって、なによ」

ママはしつこい。

しょうがなく、あたしは疲れた笑みをうかべて言った。

「最近、いろいろ考えることが多くって……」

「そうよねえ」

なにを勘違いしたのか、ママの目が輝く。

「そうよ、きちんと考えなさい。今日だって大西先生がおっしゃっていたでしょう。考えることこそ受験生としての自覚のはじまりです。大いにけっこう」

「ね、ママ」

参考までにきいてみることにした。

「ママは若いころ、なにになりたかったの？」

「え？　わたしは……看護婦さん、かしら」

「そう。でも結局、あたしたちのママになっちゃったのよねえ」

ほーっとため息を吐きだして、あたしは力なく席を立った。気を落としたまま、二階の部屋へとぼとぼとむかう。

「さゆき！　あんたいったい、なにを考えてたの？」

ママの険しい声が追いかけてきたけど、きこえなかったことにした。

トン、トン、トン……。

真ちゃんからもらったドラムのスティックで、あたしは机を鳴らした。

窓から見える夜の闇がどんなに深くなっても、どれほど眠気が押しよせても、これがなくては一日が終わらない。

大切なスティック。

大切なあたしのリズム。

「自分のリズムを大切にすれば、まわりがどんなに変わっても、さゆきはさゆきのままでいられるよ」

今でも心に染みついている、大切な真ちゃんの声。

ワン・トゥー・スリー。

ワン・トゥー・スリー。

真ちゃんのことを思いながらリズムを奏でているうちに、心がしんと静まってきた。

だいじょうぶ。

裁判官になると言っていた高志くんがふつうに就職しても、

お姉ちゃんが伊藤と引きかえに弁護士を捨てても、

看護婦になりたかったママが、ただの教育ママになっても、真ちゃんが歌をうたっているかぎりは、だいじょうぶ、と思える。新宿で大きな夢を追いかけている真ちゃん。真ちゃんはあたしの、夢そのものだ。少なくとも、このときはまだそう思っていた。

2

真ちゃんに対するあたしの思いを、朋子は「恋じゃない」と言いはる。愛かもしれないけど、恋ではない、と。

あたしにはよくわからない。

「恋と愛って、どうちがうの？」

「やだ。さゆき、そんなことも知らないの？　恋っていうのはさ、燃えさかる激しい炎のようなもので、愛はおだやかに漂う広大な海のようなもんよ」

……ますますわからない。

なんの予定もない日曜日。

昼までだらだら寝ているつもりだったのに、うっかり七時に目がさめてしまった。

あと五時間は眠れたと思うと、くやしい。せめて外出でもしなきゃ損、と考えたあたしは、うさばらしに学校へでも行くことにした。日曜日だって部活はやっているはず。

これでもあたしはいちおう美術部員なのだ。

去年の四月、美術部の京子から、

「さゆきの絵っていいよ。なにかを感じるよ」

なんておだてられ、すっかりその気になって入部した。もともと図画工作は好きだったし、暇だったし。

最近はサボりがちだけど、それはうちの部にある「三年生は新入部員に手とり足とりデッサンを教える」というしきたりのせい。あたしは教えかたがおそろしく下手で、なにをきかれてもまともに助言できた試しがない。教えられてる子に申しわけないので、しばらく遠慮していた。

でも、日曜日はみんなが勝手に好きな絵を描いていい日。描きかけの絵もあるので、ひさしぶりに顔を出そう。

と思って学校へむかったあたしがバカだった。

美術室にはピシッと鍵《かぎ》がかかっていて、なかをのぞいてもだれもいない。

部活もお休みの日だったみたい。

ああ……。


「林田さーん」

情けない声とともに用務員室の扉を叩《たた》いた。

「藤井さゆきです。いたら開けて」

「おや、おや」という声とともに足音がきこえて、すぐに扉が開かれた。

「さゆきちゃん、ひさしぶりだねえ」

用務員のおじさん、というか、もうおじいさんの林田さんが顔を出す。

「よかった。林田さん、日曜日もいるんだ」

「今日は当番なんだよ。さゆきちゃんはどうした？」

「美術部。ひさびさに顔を出そうと思ったら、お休みだったの」

あたしが言うと、林田さんは「ほっほ」と声をあげて笑った。いつ見ても恵比寿《えびす》さまみたいにふくよかな笑顔だ。

「美術室の合い鍵ならここにある。こっそり入れてあげようか」

「バレたらまずいんじゃない？」

「いつものことでしょう」

林田さんにはちょくちょくお世話になっている。どうしても授業をサボりたくなったときや、頭髪検査のときなど、あたしはいつもこの用務員室にかくまってもらう。「学校で一番頼りになる大人は、保健室のおばさんと用務員のおじさんだ。それだけはしっかり肝にめいじとけ」

そんな教えをさずけてくれたのは真ちゃんで、実際、真ちゃん自身も在学中はこの林田さんにずいぶんお世話になっていたみたいだ。卒業するころには「年の離れた親友というか、茶飲み友達というか」ってくらいの仲になって、今でもときどき手紙を出していると言っていた。

「絵はいいわ。また今度描くから」

「せっかく来たのに?」

「せっかく来たから、ちょっと休んでく。ね、テレビ見せて」

「はいはい、どうぞ」

「おじゃましまーす」

用務員室はあたしにとって、自分の部屋とおなじぐらい居ごこちのいい空間だ。戸口からすぐのところに小さな台所があって、その奥には四畳半ぐらいの和室がある。畳の中央にちゃぶ台、窓際にテレビ、台所との境に冷蔵庫。置いてあるものといったらそれくらいで、その地味なところが妙に落ちつくというか、なんにもない草原で風に吹かれているような気分にさせてくれる。

「さゆきちゃん、絵は進んでる？」

台所でやかんのお湯が沸くのを待つあたしに、奥の部屋から林田さんが呼びかけた。林田さんは絵が好きで、よく美術室にも遊びにくる。このあいだはモデルになってもらった。

「だめ。ぜんぜん進んでないの。林田さんの顔ってむずかしいんだもん」

「そりゃ悪かった。しわが多すぎるかな」

「ううん、しわはいいの。それより、目がね。林田さんって、なに見てるんだかさっぱりわかんない目をしてる」

「そうかい？」

「うん。目ってだれでもむずかしいけど、林田さんのはとくにそう」

「じゃあ、目のないものを描けばいい」

「だって、りんごとかナスとか描くよりおもしろいじゃない、人間のほうが」

「ほう。ナスを描く子もいるのか」

「いないけどね」

コンロの上でやかんがピーッと音を立てた。

「林田さん、日本茶でいい？」

渋めの日本茶をお盆にのせ、奥の部屋へ移動する。

静かな休日の静かな用務員室。「勉強しなさい」とうるさいママの姿も、伊藤と電話でいちゃつくお姉ちゃんの声もない。

極楽、極楽——と、あたしが畳の上に足を投げだして『宇宙人は存在するのかしないのか？』というテレビ番組を見ていたら、どっちつかずの結論のままエンディングテーマが流れてきたところで、

「さっきの話だけど」

新聞のパズルを解いていた林田さんが、突然、あたしに視線をもどした。

「目を描くのはむずかしい、と言ったね。なにを見ているのかわからない、と」

「うん」

「たしかに目は重要だな。もしもさゆきちゃんが、わたしがなにを見ているか、わたしの瞳《ひとみ》になにが映っているのか……そういうところまで表せるようになったら、それはもう、たいしたもんだ。絵を描くというのは、そういうことじゃないのかな」

しわがれた声でゆっくりと、言葉のひとつひとつを丁寧に発音する林田さん。老眼鏡の奥にある小さな瞳を、あたしはまじまじと見つめた。

林田さんの瞳に映っているもの。

それは今、目の前にいるあたしだ、とか、そんなことではないんだろうな。

「いや、またつまらない話をしてしまったかな。さゆきちゃん、お腹すかないかい？」

「すいた」

「いいものがある」

台所へ消えた林田さんが、缶詰を片手にもどってきた。

白桃の缶詰。

「わー、なつかしい。これ、真ちゃんの大好物なの。お金持ちになったら白桃の缶詰をいっぱい買いこんで、毎日十缶食べるのが夢だって言ってた」

「ああ、だから持ってきてくれたのか」

「え」

「この缶詰、真治くんにもらったんだよ」

一瞬、なんのことだかわからなかった。

「いつ？」

「このあいだ、手土産にってね」

「このあいだって？」

「さあ、たしか先週の……土曜日だったかな」

「うそ」

そんなことあるはずない。だって真ちゃんはまだ一度もこの町に帰ってきたことがなくて、もしも帰ってきたのならうちにも寄っていくはずで……。

「本当に、本当に真ちゃんだったの?」

「ああ、まだボケちゃいないからね」

「でも、どうして? 真ちゃん、なにしに来たの?」

あたしがムキになってつめよると、林田さんは急に無口になった。なにか迷っているようなまなざしで、せっせと缶切りだけを動かしていく。

缶詰のふたが開くと、ようやく林田さんも口を開いた。

「悪いが、わたしから話すわけにはいかないな。さゆきちゃんに内緒にしていたのは、おそらく真治くんなりの考えがあってのことだろう。よけいなことを言ってしまってすまなかったね。さ、とにかくさゆきちゃんは白桃をお食べなさい」

ガラスのお皿にのせた白桃を、林田さんがあたしの前に置く。

ぷるんと丸いその表面をあたしはにらみつけた。

林田さんはなにかを隠してる。

でも、これ以上きいてもムダだろう。

「ごめんなさい、林田さん。また来ます」

早口で言うなり、あたしはサッと立ちあがって用務員室を飛びだした。

どき、どき――。

心臓がうろたえている。

真ちゃんが千葉に帰ってきた。

林田さんに会いにきた。

白桃の缶詰を持ってきた。

そこまでは、いい。

でも、真ちゃん、どうしてあたしに隠してたの？

学校から家までは歩いて二十分、軽く走れば十分ちょっとで着く。全力疾走ならさらに早い。

全力疾走をしたのは初めてのことだった。

ゼエゼエと息を切らしながら家に到着し、よろける足を引きずるようにして居間へ駆けこむと、コードレス電話の子機がない。

「ママ。電話、どこ？」

「あら、さゆき。どこ行ってたの？　出かけるんなら行ってきます、帰ってきたならただいまぐらい言いなさい」

たんすの整理をしていたママがのんきな声を返す。

「行ってきます。ただいま。で、電話は？」

「お姉ちゃんでしょ。さっき伊藤くんから電話あったから」

伊藤の野郎……。

あたしはダッシュで階段を駆けのぼった。

「お姉ちゃん、お姉ちゃん、電話貸して！」

お姉ちゃんの部屋の前でさけぶ。

数秒後、ドアが開いてお姉ちゃんが顔を出した。コードレス電話の片側を右手で押さえている。

「大声出さないでよ。電話中なんだから」

「じゃあ、切って」

「終わるまで待ってよ」

「待てない。すぐ使うの。たまにはゆずってよ」

「だれにかけるの？」

「真ちゃん」

答えると、お姉ちゃんの表情が変わった。

「なんかあったの？」

「わかんないからたしかめたいの」

「……」

「貸して」

「わかった」

ごめんね、伊藤くん、妹がなんか言ってて……またすぐにかけなおすから。

甘い声で伊藤に告げたあと、お姉ちゃんはあたしに子機をぬっと突きだした。

「ほら、早くかけな」

「ありがと」

自分の部屋へもどるなり、あたしは引きだしからとりだした赤いアドレス帳をめくった。

真ちゃんがベースの今野《こんの》くんといっしょに住んでいるアパートの電話番号。

プッシュボタンを押す指がちょっと震えた。

あせって何度もまちがえた。

やっとのことで電話がつながる。

すぐにききおぼえのある声が流れてきたけど、それは真ちゃんの声じゃなかった。

「あなたのおかけになった電話番号は、移転のため、現在、使われておりません……」

3

ママやパパにきいた。

お姉ちゃんにもきいた。

真ちゃんの行方。

でも、みんな口をそろえて「知らない」と言う。そしてそのあと、丁寧にもひとことずつ意見をそえてくれた。

「そんなに心配しなくたって平気だよ。真ちゃんがいなくなったぐらいで……。真ちゃんだってもう二十歳でしょ。子供じゃないんだから」と、お姉ちゃん。

「だいじょうぶ、待っていればじきに連絡が来るさ。きっと真ちゃんは忙しいんだろう。それよりもさゆきは自分の心配をしたほうがいい。受験勉強はどうなってるんだ？」と、パパ。

「そうよ。さゆきが騒いだってどうなるわけでもないんだから。それから、真ちゃんのおばちゃんによけいなこと言うんじゃないわよ。真ちゃんのことだから、アパートを引きはらったこと、まだ知らせてないかもしれないし。へんな心配させたくないからね」と、ママ。

ママの意見は一理ある。

たとえばなにかを決めるとき、真ちゃんはいつもひとりで迷う人だ。

おばちゃんなら真ちゃんの行方を知っているかもしれない、という期待はあるけど、もしも知らなかったら大変なことになる。おばちゃんはかなりの心配性だから。

おばちゃんにはきけない。

その息子ということで、高志くんにもききづらい。

パパ、ママ、お姉ちゃん、おばちゃん、高志くん。

それ以外に、真ちゃんの行方を知っていそうな人といったら……。

「あ」

ベッドに横たわり、天井のシミをながめていたら思いだした。

もうひとり、いた。


翌日の昼休み、給食を終えたあたしは三年D組の教室へむかった。

ものすごく気が重い。本当はD組なんか近づきたくない。

いまいち教室に入りづらくて、廊下をうろうろしていたら、

「よっ、さゆき」

一年のときからの親友、美砂がうまいぐあいに通りかかった。

「美砂！　あ、助かった。テツ、呼んできてくれない？」

「テツ？」

美砂がおかしな顔をする。

「さゆき、テツとは絶交中じゃなかったっけ」

「やむをえない事情ができたの」

「やむをえない事情、ねえ」

「頼む」

「はい、はい」

腰までのびた髪をゆらして、美砂がD組の教室に入っていく。その後ろ姿を見ているうちに、あたしは少しだけ緊張してきた。

テツと絶交中というのは本当で、もう半年以上も口をきいていない。

つまらないけんかが原因で、そのけんかの原因は、金魚だった。


去年の八月、町内の夏祭りの夜のことだ。

むんわりと暑い空気を、祭り太鼓の低い音色が震動させていた。

いっしょにお祭り広場へ行った朋子が「門限があるから」と帰ってしまったあと、あたしはママや真ちゃんのおばちゃんとくっついて歩いた。そのうちにテツの大家族

（おじさん、おばさん、テツ、弟一人、妹二人）と合流。おばさんとママたちが昔話に花を咲かせはじめた。

「やっぱり、わたしたちがお祭り委員をやってたときが、一番もりあがったわねえ。演歌歌手のひとりやふたり、無理をしてでも呼ばなくちゃ」とか、そんな話。

切りのない長話にうんざりしながら、あたしはテツをちらっと見た。

紺のTシャツに短パン姿で妹の手を引いている。

ある年ごろになると男の子は急激に変わるというけど、テツはその歩く見本のようなもの。小さいころから弱虫で、いじめられっ子の代表格だったテツは、中一の秋に突然、「強くなる宣言」をした。そして、驚いたことにその後、本当にだんだん強そうになっていったのだった。

近所のプールに通ったり、柔道部に入ったりしたためか、身長が伸びて全体的にがっしりした感じ。体格が変わると性格まで変わるのか、前みたいにおどおどしたところがなくなって、いつのまにかテツはだれからもいじめられなくなっていた。奇跡だ。

そんなテツの成長ぶりを、あたしはかなり遠くからながめていた気がする。二年生になってべつべつのクラスになって以来、学校でもほとんどしゃべらなくなっていたし。

だからその夜、「せっかくだから踊りましょうよ」とママたちが踊りの輪のなかへぞろぞろ消えていき、東京音頭なんか踊りたくないあたしとテツだけが残されたときは、こまった。

　ふたりきり、というのは本当にひさしぶり。二週間ほど前、いっしょに真ちゃんのライブへ行ったけど、あのときはおばちゃんが真ん中にいてくれた。

　ぼうっと踊りをながめていてもしょうがないので、立ちならぶ屋台の前をぶらぶら歩きはじめる。

「なんだか暑いね、じめじめしてて」

　テツが言って、

「夏だからね」

　あたしが答えた。

　騒々しいお祭りさわぎとは反対に、あたしたちはひどく無口になっていた。

　金魚すくいの前にさしかかったのは、そんなとき。

「金魚すくいだよ」

　あたしは金魚たちの泳ぐプールの前にしゃがみこんだ。金魚なんかぜんぜんほしくなかったけど、そのままだと果てしなく歩きつづけてしまいそうだったから。

「このデメキンがいいな」

　あたしが指さすと、テツはあわてたような声で、

「さゆきちゃん、金魚すくい、やるの？」

「やっちゃ悪い？」

「悪いなんて……でも、やめたほうがいいんじゃない」

「なんでよ」

「だってさゆきちゃん、すぐに飽きるでしょ、金魚飼ったって」

「そんなことない」

「そうかなあ。幼稚園のころもさゆきちゃん、ちゃんと育てるとか言って金魚すくいやって、五匹ぐらいすくって家に帰ったけど、三日で飽きてぼくんちに持ってきたじゃない。魚屋なんだからお店で売って、とか言って」

「そんな昔の話、しないでよ。あたし、もう中二なんだから。金魚ぐらい立派に育ててあげてみせるわよ」

金魚なんかちっともほしくなかったあたしは、いつのまにか育てる気にまでなっていた。

「じゃあさ、今日一日、ゆっくり考えてみなよ。お祭りは明日もあるんだし」

「明日になったらこのデメキン、いなくなってるかもしれないじゃない。あんた、責任持てる？」

「ほかのデメキンが入ってくるよ」

「これじゃなきゃダメなの」

「なんで」

「ものすごく気に入ったの！」

わけのわからないことを口走りながらも、あたしは内心、動揺していた。テツには昔からどこか頑固なところがあったけど、その頑固さをあたしにぶつけてきたのは、このときがはじめてで。

「衝動買いはよくないよ、さゆきちゃん。金魚は生きものなんだから」

なんて、あたりまえのことをもっともらしく言いつづける。

結局、十分近く言い争った末に、あたしが折れるはめになった。

「お姉ちゃん、気持ちはわかるけど、こっちのお兄ちゃんの言うほうに分があると思うぜ、おれが言うのもナンだけど」

と、露店のおじさんまでもがテツに加勢した結果だ。

とてもくやしかったあたしは、

「もういい。金魚なんかいらない。熱帯魚を飼うからいい！」

苦しい捨てゼリフを残して、お祭り広場から走り去ったのだった。

完。

なんてばかばかしいけんかだろう。

でも、あの夜はどこかへんだった。

あたしも、テツも。空までが紫色によどんで見えた夏祭りの夜。

ぼんやり思いかえしていると、美砂がひょっこりもどってきた。

「テツ、いた？」

「うん。今夜十二時、いつもの公園で待ってるって」

「ぶっよ」

「冗談、冗談。今、給食のあとかたづけしてるよ。終わったら来るって。ま、しっかり仲直りするんだよ」

ポンとあたしの肩を叩《たた》いて、美砂は軽やかに去っていった。

約三十秒後、D組の教室から現れたテツを見て、どきっとした。また少し背がのびた？

ズボンのポケットに両手を突っこんで、ちょっとそわそわしながらもテツは、

「なんかあったの？」

まっすぐにあたしの目をのぞきこんでくる。

あたしはさっと目をそらし、クリーム色の床をにらんだ。うまく言葉が出てこない。

思いきって口を開くと、自分のじゃないみたいにか細い声が出た。

「真ちゃんが、いなくなったの」

テツはこっくりうなずいた。

「うん」

「新宿のアパート、引きはらったって」

「うん」

「行方不明なんだよ」

「うん」

「うんって……あんた、知ってたの？」

うん、とテツは気まずそうに目をふせた。

「きいたよ」

「だれに？」

「真ちゃん」

「は？」

「真ちゃんが自分で言ってた。新宿のアパートを出たって」

「いつ!?」

「先週の土曜日」

真ちゃんが林田さんに会いにいった日だ。

「なんで……」

なんでテツが？　なんであたしじゃなくて？

あたしがぼうぜんとしていると、

「あ、でも、偶然なんだよ。真ちゃんと会ったのは偶然で……」

弁解するようにテツが早口になった。

「部活が終わって帰ろうとしたら、校門の前に真ちゃんのとおなじバイクが止まってたから。まさかと思ったけど、しばらくそこで待ってたんだ。そしたら真ちゃんが来て、せっかくだからって、いっしょにファミレスに入って、それで……少し話した」

「どうして隠してたのよ、今まで」

「真ちゃんが、さゆきちゃんには言うな、って」

「……」

「それに、ぼくも思ったから。さゆきちゃん、今は真ちゃんのこと、探したりしないほうがいいよ」

「ねえ」

ピンときた。

「あんた、真ちゃんの居場所、知ってるんでしょ？」

「うん」

テツはあっさりと認めた。うそのつけない自分の性格をよく知っている。

「でも、その……真ちゃん、今、かなり落ちこんでるみたいだし、さゆきちゃんにも会いたくないぐらい落ちこんでるみたいだし」

「どうして」

「それは……」

「真ちゃんになにかあったの？」

「……」

「教えて」

うつむいてまゆをよせ、テツはなにやら迷っている。

「お願い」

声を強めると、はじかれたように顔をあげて、言った。

「真ちゃんのバンド、解散したって」

五時間目の授業開始のチャイムが流れた。

廊下にいたみんながバタバタと教室へ駆けこみ、うわばきの音が鳴りわたる。

あたしとテツのまわりだけ、妙に空気がしんとしていた。

これで三つだ。三つ目のショック。

真ちゃんがないしょで千葉に帰ってきたこと。

こっそりアパートを引きはらっていたこと。

そして、バンドの解散――。

とても授業などうける気になれなかったあたしは、テッを道づれに五時間目の授業をサボり、用務員室へ逃げこんだ。

「おや、さゆきちゃん。今日はボーイフレンドといっしょかい。若い人はいいねえ」

最初は茶化していた林田さんも、じきにあたしたちのただならぬ気配を察したようで、

「ちょっと花壇の手入れでもしてこようかな。ま、ゆっくりしていきなさい」

わざとらしく用事を作って部屋を去っていった。

残されたあたしとテツはちゃぶ台をはさんでむかいあった。

窓から差しこむ陽が古い畳を麦畑のように光らせていた。

「ぼく、この部屋に来たのはじめてだけど、なんかいいね。落ちついて」

部屋をくるりと見まわしてテツが言う。

「真ちゃんが教えてくれたの。いざってときに頼りになるのは、校長よりも用務員のおじさんだって」

「真ちゃんらしいね」

テツが一瞬だけ笑って、すぐにその顔をくもらせた。

「さゆきちゃん、あのさ」

「ん？」

「ぼく、さゆきちゃんとけんかしてるつもりなんて、なかったよ」

「……」

美砂がなにか言ったんだな。

「さゆきちゃんが一方的に、ぼくのこと、避けてただけ」

「避けてなんかない」

「ううん、避けてたよ。金魚のこと、まだ怒ってるの？」

「そんなんじゃない。それより、真ちゃんの話でしょ。バンド解散したって、どういうこと？」

「さあ、どういうことだろうね」

「なによ、それ。あんた、真ちゃんに会ったんでしょ」

「でも、そんなにくわしく教えてくれなかったし」

「どうしてきかなかったのよ」

「きかれたくなさそうだったから」

テツの会った真ちゃんを、あたしは想像しようとして、あきらめた。

あたしの知っている真ちゃんは、いつだってとびきりの笑顔でバンドの話をしていたんだから。

「それで、真ちゃん、今どこにいるの？」

「教えたらさゆきちゃん、会いに行くでしょ」

「うん」

「さっきも言ったけど、真ちゃん、さゆきちゃんに会いたがってないよ、今」

「でも、あたしは会いたいから」

真ちゃんの気持ちはわからない。だけどあたしは会いたい。どうしても。会って、たしかめたいことがある。

バンドが解散しても、歌はうたえるよね。

夢は、だいじょうぶだよね？

「わかったよ。さゆきちゃんがどうしても会いに行くって言うんだったら、ぼくもいっしょに行く」

「やめてよ。そんな、金魚のフンみたいに」

「やっぱり。さゆきちゃん、金魚のこと、まだ根に持ってたんだ」

「ちがうってば」

「じゃあ、いいよね、いっしょに行っても。ちょっと遠いからひとりじゃ心配だし。

それに、ぼくだって真ちゃんのこと、気になるよ」

あたしを見つめる強情そうな瞳《ひとみ》。

いつからテツはこんな目をするようになったんだろう。

「わかった」

あたしはしかたなく条件をのんだ。

「で、どこなの？　真ちゃんの居場所」

「新小岩《しんこいわ》」

「新小岩？」

かぎりなく千葉に近い東京だ。

「新小岩に、おじさんの住んでるアパートがあるんだって」

「おじさんって？」

「真ちゃんのお父さん」

あたしはふいをつかれて絶句した。

おばちゃんと別居中のおじちゃんの家。

どうして今まで気がつかなかったんだろう。

「約束だよ、さゆきちゃん。絶対、ひとりで行っちゃダメだからね」

「わかったってば」

今度の日曜日、いっしょにおじちゃんのアパートを訪ねる約束をして、あたしとテツはべつべつの教室へもどっていった。

4

新小岩の駅前にある洋菓子店で、いちごのショートケーキを四つ買った。白桃とおなじくらいオーソドックスな手土産だ。

「おじさん、ケーキなんて食べないんじゃないかな」

ケーキの箱をぶらさげて乗ったバスの車内で、テツがよけいなことを言う。

「そしたら真ちゃんが食べるでしょ、ふたつ」

「うーん。やっぱり、佃煮《つくだに》とかのほうがよかったんじゃないの」

「からいものはダメなの。おじちゃん、昔から胃が悪いから」

「じゃあ、ひよこまんじゅうとか」

「そんなの真ちゃん、食べないよ。動物好きなんだから」

「うーん」

今日のテツはどこかへんだった。若菜町からの電車のなか、話をしながらもずっとべつのなにかを考えているような顔をして。

窓の外は雨。ガラス越しに見える町並みは、昼間とは思えないくらい暗く、打ちつける雨粒にゆがんでいる。

「あのさ、さゆきちゃん」

だまりこんでいたテツが口を開いたのは、ひとつ目のバス停をすぎたころだった。

「ぼく、なんとなくわかるんだ。真ちゃんがさゆきちゃんに会いたくないって気持ち、ほんとになんとなくだけど。真ちゃん、ぼくたちの前では弱いとこ、見せたことなかったよね。いつも強くて、元気で、ひょうひょうとしてて……そういう真ちゃんのままでいたいんじゃないのかな」

「そうかもね」

そうだ。真ちゃんはいつもかっこよかった。なにがあってもへこたれずに笑ってた。

でも……。

「でも、あたしは元気のない真ちゃんのことも知りたいよ」

「うん、それもわかる。ただ……」

「ただ？」

「朝からなんとなく悪い予感がしてるんだけど、今日行っても、真ちゃん、いないんじゃないかって」

「え。だってテツ、連絡しといたんでしょ。あたしたちが会いに行くって」

「うん。だから」

「あ」

ぎくっとした。

だから、か。

「どうしても来るのかって、真ちゃん、渋ってたし。いやいや人に会うくらいなら、すぱっと逃げるんじゃないかと思って。真ちゃんだったら」

言われてみればそのとおりだ。本当にいやなことからだったら、真ちゃんは平気で逃げる。どんなに卑怯《ひきょう》な手を使ってでも。

高校受験もそうだった。受験日の朝、真ちゃんは「全力を尽くしてきます」と合格祈願のお守りをにぎりしめて家を出て、思いきり受験をすっぽかし、拍子ぬけするような言いわけを持って平然と帰ってきた。

「いや、参ったよ。受験に行く途中で穴に落ちて、出られなかった」

バレバレのうそ。すごく卑怯だ。

「でも……じゃあ、なんであたしたち、ここまで来たの？　はるばる二時間もかけて、ケーキまで買っちゃって」

ぽかんときくと、

「うん。ぼくもずっとそれを考えてたんだ、この二時間」

テツがうつろにつぶやいた。

じっとりと湿ったバスのなか、あたしとテツはふたりして途方にくれてしまった。


『日だまり荘』というアパートは、三つ目のバス停から徒歩一分の、ぜんぜん日の当たらなそうな日陰にあった。

ちんまりとした木造の二階建て。一階の一〇四号室におじちゃんは住んでいた。

六畳ぐらいの部屋がひとつに、小さなコンロとユニットバス。

最小限必要な家具だけをとりあえず運びこんだような、ひっそりとした部屋だった。

きれいな色のあまりない部屋だった。

夏なのに、こんなにじめじめと暑いのに、どこか寒々しい部屋だった。

そして、その部屋のどこにも、真ちゃんの姿はなかった。

やっぱり、だ。

「悪いね。真治のやつ、朝、ぷらっと出てったきり、帰ってこないんだ」

玄関のドアを開けたおじちゃんから申しわけなさそうに告げられた。

「これ、真治からふたりに」

と、渡された紙に目を落とすと、

『すまん、さゆき。

きのう、友達が穴に落っこちて大ケガをした。

重症だ。今日が峠だ。

病院で、「最後に一目、真ちゃんに会いたい」とわがままを言っているらしい。

おれは行かなくては。

さゆきやテツに会えないのは残念だ。

なんて残念なんだろう。

いつか連絡する』

ひゅるひゅると、力がぬけていくような言いわけだ。

また、穴か……。

あきれてものも言えず、あたしとテツがぼうぜんとしていると、

「そんなわけだが、まあ、せっかくこんなところまで来てくれたんだから、あがっていきなさい。おじちゃんもちょっと話したいことがあるから」

おじちゃんが言って、あたしたちを部屋へ通してくれた。

何年ぶりかに会ったおじちゃんは、少し顔色が悪いことをのぞけば、見かけは前とそれほど変わらない。辛子色のシャツにグレーのズボン。ちょっとだらしない着こなしも、髪の薄さも昔のまま。そんなに突然、人は変わったり、ツルツルになったりはしないんだろうな、とつくづく思う。

それでも、今ここにいるおじちゃんは、若菜町にいたころのおじちゃんとは、ぜんぜんちがう人のような気がした。

「いや、驚いたよ。さゆきちゃんも哲也くんも、もう中学三年生か。おじちゃんも年をとるわけだ。まさしく光陰矢のごとしってやつだな」

台所で紅茶をいれながら、おじちゃんがあたりさわりのない話をしているあいだ、あたしとテツはテーブルの前で「うん」とか「そう」とかうなずく係を交代で務めていた。

そのうちにあたりさわりのない話題も尽きて、おじちゃんも無口になる。

真ちゃんに会いにきたつもりが、なんだかおかしなことになってきた。

またしても途方にくれてしまう。

おじちゃんがテーブルにケーキと紅茶をならべても、だれもフォークを手にとろうとしない。いつのまにか雨はあがったみたいで、ひゅうひゅうと風を送るクーラーの音だけがきこえてくる。

「さゆきちゃんは……」

最初に口を開いたのはおじちゃんだった。

「だまって家を出てったおじちゃんのこと、怒ってるんだろう」

前からこういう、きかれたほうがこまってしまうようなことを、勢いですぱっと言ってしまう人だった。

「怒ってない」

あたしは即座に答えた。

怒ってなんかいない。

でも、もっとひどいことをしようとしていた。

忘れようと……。

「なら、いい。安心したよ。この話はおしまいだ」

さっさと話を終わらせると、おじちゃんはちょっと声を落として、

「でも今日はな、おじちゃん、さゆきちゃんを怒らせてしまうかもしれん」

「どうして？」

「残酷かもしれないが、頼みがある」

おじちゃんはきっぱりと言った。

「しばらくのあいだ、真治にはかまわないでやってほしいんだ」

おじちゃんの知りあいにコンピューター会社の社長がいる。その社長が、真ちゃんのことを雇ってもいいと言っている。ただでさえ就職難のこのご時世、高校も出ていない真ちゃんを採用してくれる会社などめったにない。待遇も悪くないし、まじめに

働けば中卒でも昇進させてくれるという。こんなチャンスはまたとない。

「で、おじちゃんはな、できれば真治に就職してほしいんだ」

ひとしきり事情を語ったおじちゃんは、最後に太い声で言いきった。

「いや、ぜひとも、なんとしてでも就職させたい。これが本音だ」

力んだ瞳《ひとみ》から真剣さが伝わってくる。

たぶん、これは俗に言う親心ってやつだ。おじちゃんの気持ちはわからないわけじゃなかった。

わからないのは、真ちゃんの気持ちだ。

「真ちゃんはどう言ってるの？　就職しちゃったらバンド活動ができなくなるんじゃないの」

「バンドは解散したんだ。その理由をさゆきちゃん、知ってるか？」

あたしは首を横にふった。

「メンバーのひとりは就職した。その子は高校を出ていたからな。真治といっしょに暮らしてた今野くんは鳥取の実家へ帰った。あとのひとりは消息不明らしい」

そんな……。

「それが現実だよ、さゆきちゃん。夢だのなんだのと言ってても、結局はそうなる」

「でも、真ちゃんはそうならないかもしれないよ」

横からテツが冷静な声をあげた。びっくりするぐらいしっかりと。

テツの変化を知らずにすごしてきたおじちゃんが驚きの目をむける。それから気をとりなおして、

「おじちゃんは、そうなってほしいんだ」

静かな声だけど、まなざしは鋭かった。

「きちんと真治に就職してほしい。いつまでもふらふらしてないで、地に足のついた生活を送ってほしい。今ならまだ間に合う」

「真ちゃんは、なんて？」

あたしはもう一度きいた。

「はっきりした返事はまだきいてない。真治も真治なりに迷ってるんだろう。だからさゆきちゃん、今は真治を刺激しないでやってほしいんだよ」

「刺激？」

「さゆきちゃんに会えば、真治の心がゆらぐ。さゆきちゃんは、いつでも真治の夢を応援してくれたからね」

おじちゃんが言って、「だが」と顔をしかめた。

「だが、さゆきちゃん以外の世間はそんなに優しいもんじゃないんだよ」

胸に、ずんときた。

「さゆきちゃんは真治のいいところばかりを見てくれるけど、あいつのあのバランスが悪い生きかたは、大人の目から見ればおおいに危なっかしいんだ」

「バランスが悪い？」

「バンドをやるのはいいよ。歌が好きならうたえばいい。けど、あいつはそれしか見えなくなっちゃうだろう。新宿じゃコンビニで深夜のバイトをしてたらしいけど、かせいだ金はほとんどバンドにつぎこんで、たぶんろくなもんを食ってなかったんだな。アパート引きはらってうちに転がりこんできたときにはあいつ、ぎょっとするくらいガリガリにやせてたよ」

おじちゃんがマイルドセブンに火をつけた。たばこの煙がクーラーの風にあおられて、飛行機雲のようにたなびいていく。

「体だけじゃない。心もあいつはボロボロだった。うちに来た当初はひどい閉じこもり状態で、この狭苦しい部屋から一歩も外へ出ようとしなくてな。だれにも会わない。電話にも出ない。なにがあったんだか知らないが、あの脳天気な男が不眠症にまでかかって薬を飲んでたほどだ」

「そんな……あの真ちゃんが？」

「ああ、あの真治がな。それでも、あいつはあいつなりに立てなおしを図っていたんだろうよ。ある日、音楽関係の学校に入りたいとか言いだして、急にまた元気になってきた。授業料を貯めるために日雇い労働もはじめてな、一から音楽を学びなおすんだってはりきってたんだ。が、結局、入学はできなかった。なぜだと思う?」

おじちゃんがあたしたちに問いかけ、

「中卒の真治には入学資格がなかったんだよ」

自分で答えた。

「それが今の真治だ。さゆきちゃんは真治をずいぶん買ってくれてるけど、あいつは東京に来てちょこっとバンドをやって、それを失って、先が見えないままその場しのぎのバイトを続けてる。なにをするにも中卒ってレッテルをくっつけたまま、な。さゆきちゃんや哲也くんがなんと言おうと、親であるおじちゃんはその現実から目をそらすわけにいかないんだ」

おじちゃんが灰皿にたばこの火を押しつける。

あたしはうつむいてくちびるをかみしめた。

知らなかった。真ちゃんが東京でそんな苦労をしていたなんて。

だって、真ちゃんはなにも言わなかったから。

つらいことなんて決して言わなかったから。

手紙にもいいことしか書いてなかったから。

「おじちゃんはね、さゆきちゃん。真治にスターになってほしいわけじゃないんだ。

ただ、人としてまっとうに歩んでほしい。食うにこまらず、苦しまずに生きてほしい。

もう二度とあんなにやせた姿なんて……」

「おじちゃん」

あたしはあえぐように言った。

「寒い。クーラー止めて」

「あ、あぁ」

クーラーのリモコンを手にとり、おじちゃんがスイッチを切った。

風が止まる。

音も止まる。

世界中がぴたっと静止した気がした。

「わかった。あたし、真ちゃんのこと、刺激しない」

不思議と、落ちついた声が出た。

両足に力をこめて、あたしは立ちあがった。

「でも、真ちゃんの将来は真ちゃんのものよ」

それだけ言い残し、玄関へむかっていく。

「さゆきちゃん、ありがとう」

背中からかすれたおじちゃんの声。

他人だったらよかったのにと、玄関のドアを開けながら思った。
もしもおじちゃんが赤の他人だったら、
幼いころのあたしをかわいがってくれた人じゃなかったら、
いっしょに旅行に行った思い出なんてなかったら、
あたしはあんな話なんてきかずに耳をふさいで、ダッシュで逃げ去ることもできたのに……。

結局だれも食べなかったいちごのショートケーキ。

あの薄暗い部屋の冷蔵庫のなかで、四つのケーキが腐っていく様子が目にうかぶ。


「さゆきちゃん、泣かないんだね」

新小岩から若菜町へ帰る電車のなか、テツは何度もおなじことを言った。

「我慢しなくていいんだよ。まわりの人にジロジロ見られても、ぼく、気にしないから」

「泣いてほしいの？」

ときくと、真顔で「うん」と答える。

「さゆきちゃんって気が強いけど、泣くときはいつも、すごい迫力で泣くから。これだけ泣く元気があればだいじょうぶって、ぼく、いつも安心してた。でも、今日は泣かないから……」

テツには悪いけど、あたしはとうとう家に帰りつくまで泣かなかった。

家につき、自分の部屋へもどっても泣かなかった。

夕ごはんも残さずたいらげた。

この夜の食卓は妙な雰囲気で、パパもママもお姉ちゃんも、みんなが横目であたしをチラチラ気にしていた。それでいて、だれもなにも言わないし、きかない。

どうもおかしい、と怪しみながら部屋へもどり、ベッドの上にぼうっと腰かけていると、

「入ってもいい？」

トントン、とノックの音。

「うん」

答えるなり、お姉ちゃんが顔をのぞかせた。

「なに？」

あたしがきいてもなにも言わず、戸口の前に突っ立ったまま、まじまじとこっちを見つめている。

やがて、ぼそっとつぶやいた。

「絶望」

「なに、それ」

「ロダンの彫刻。ずいぶん前だけど、美術館で見たことがあるの。『絶望』ってタイトルのブロンズ像だった。本当に絶望って感じなんだよね、それが」

言いながらお姉ちゃんが歩みより、あたしの横に腰をおろした。

「さゆき見たら、その彫刻を思いだしたの」

「絶望を？」

「そう。……さっきね、さゆきが帰ってくる前、真ちゃんのおじちゃんから電話があった」

「ふうん」

「おじちゃんの頼み、さゆきのことだから怒って大騒ぎしたんじゃないかと思ったけど、きいてあげたんだってね」

お姉ちゃんが言って、なぜだかわからないけど、ちょっと泣きそうな顔をした。

「よく我慢したね、さゆき」

あんまり認めたくないけど、お姉ちゃんは伊藤とつきあいだしてから性格がまるくなった。

「おじちゃんの気持ちもわかるけど、さゆきは本気で真ちゃんの歌が好きだったのにね。真ちゃんの夢が叶《かな》うこと、いつも楽しみにしてたのにね」

「……」

「あたしも内心、ちょっと期待してた。ほらあたし、弁護士になるのが夢だったじゃない。高校に入ってから、自分の限界がわかってあきらめちゃったけど」

「高志くんもおなじようなこと言ってた」

「みんなそうなるんだよね」

あーあ、とお姉ちゃんが天井をあおぐ。

「だから、真ちゃんにはなんとなく、がんばってもらいたかったんだ」

「でも、現実は厳しいんだって。このままじゃ真ちゃんがボロボロに……」

あたしは水色のベッドカバーを右手でくしゃっとにぎりしめた。

「さゆき、だいじょうぶ?」

不安そうなお姉ちゃんの声。

「あんた、ほんとにブロンズ像みたいな顔してるよ」

そうかもしれない、と思った。

十五歳の絶望は、深く、激しい。

5

七月のはじまり。

あたしは勉強をはじめた。

きっかけは、お姉ちゃんからゆずりうけた『英単語４０２』って本。４０２だなんて、こんな中途半端な数をだれが決めたんだろう……と興味をおぼえたあたしは、なにげなく本をめくってみた。それから、すさまじい勢いで単語をおぼえはじめたのだ。

何週間かかけて４０２の単語を丸暗記すると、続いて歴史にとりかかった。

つぎは、漢字。参考書にある漢字をかたっぱしから暗記した。

そのつぎは、数学。そして、理科。

家にいるあいだはずっと部屋に閉じこもり、教科書や参考書を開いてぶつぶつやっている。

そんなあたしの突然変異を見て、

「さゆきがやっと受験生としての自覚にめざめた！」

と、はじめは手放しで喜んでいたママやパパも、時がたつにつれて不気味になってきたみたい。

「さゆき、そんなに無茶しなくてもいいのよ。受験までにはまだ時間があるんだから。たまには気分転換に漫画でも読んでみたら？」

「そうだぞ、さゆき。見ろ、このテレビはおもしろいぞ。はは、は……」

とても心配そうにしている。

お姉ちゃんもお姉ちゃんで、ときどき電話で伊藤に相談している声が、となりの部屋からきこえてくる。

「うちの妹、狂ったみたい。ゴジラが火をふくように勉強してるの」

「そうそう、とめどない川の流れのように勉強してんのよ」

「もう、まるで二宮金次郎よ」

「どうしたらいいのかな、伊藤くん」

そんなこと相談されたって伊藤もこまるだろう。

学校でもちょっと無口になって、あんまり笑わなくなったあたし。

親友の朋子も心を痛めているみたい。

「さゆき。ひとりでそんなに勉強してたら、へんになっちゃうよ。うちの塾においで。安くしとくから」

しまいには、

「もう、こうなったら月謝なんていらない。タダよ、タダ。持ってけ泥棒！」

とまで言ってくれたけど、あたしは丁重に断った。塾に通うような元気があったら、勉強なんてしていない。

用務員室にも遊びにいかなくなった。

廊下ですれちがっても林田さんはなにも言わないけど、目を見ればあたしを心配しているのは一目瞭然《いちもくりょうぜん》（こんな漢字までおぼえてしまった）。

勉強をはじめたくらいでこれほどみんなを心配させてしまうなんて、情けない。

でも、あたしは発見してしまったのだ。最初に『英単語４０２』を開いたとき、勉強に集中しているあいだはほかのことを考えなくてすむことを知ってしまった。

それ以来、あたしはあの日のおじちゃんの話を思いだしそうになるたびに、英単語や漢字の本をめくった。

スーツ姿でコンピューターの会社に通う真ちゃんを想像しそうになるたびに、数学の計算にとりくんだ。

それだけのこと。

夏休みに入ると、あたしの勉強ぶりはますます過熱した。どこへも出かけず、だれとも会わずに、ありあまった時間をひたすら勉強でうめていく。

だから、この夏の風景はほとんど記憶にない。

季節感ゼロ。むんと熱い空気と、体にからみつく汗の感触だけをおぼえている。

汗のせいかもしれない、何度もおぼれる夢を見た。

あたしをのみこもうとする水はトマトジュースのようにぬらぬらしていて、ねばっこい。あまりの苦しさにあたしはもがくのをあきらめる。じわじわと沈んでいく。

目をさますと、たとえ窓の外が晴れていても雨でも曇りでも、あたしはいつも似たような気分におちいった。

怖い。

夢よりも、そんな夢を見てしまった自分が怖くなる。

そして不安をぬぐうため、ふたたび勉強に没頭するのだ。

家族もだんだん、これはただごとじゃない、と本気であせってきたのかもしれない。

部屋で机にむかっていると、よく家族のだれかが入ってきて、懇々となにかを語り、静かに去っていった。

なにを語っていたのかぜんぜんおぼえてない。

テツは夏休み中、なんの用もなく何度もうちを訪れて、勉強しつづけるあたしの背中を、ただじっとながめていた。なにも言わずに、なにもきかずに。

その沈黙だけが、ほんの少しあたしをほっとさせた。

「藤井さん。給食を食べたら、ちょっと職員室に来てくれるかな」

担任の大西先生に呼びだされたのは、夏休み明けの中間テストが終わった九月の末だった。

あたしの勉強ぶりにびっくりした人はたくさんいるけど、びっくり大賞をあげるなら、やっぱりこの大西先生だと思う。

勉強すれば成績は伸びる、というのは神話じゃなくて本当だった。それまでクラスの三十人中、下から十位ぐらいだったあたしが、この中間テストで一気に上から七位になっていたのだから。

今までが悪かったぶん、急激にあがると目立ってしまう。カンニングしたと疑われていたりして。

落ちつかない気分で給食を食べ、あたしはそそくさと職員室へ急いだ。

一年のとき担任だった三木先生のデスクは廊下側だったけど、大西先生のデスクは職員室の奥のほう、窓に面した日当たりのいい場所にある。

白々と光る午後の陽射しを背中にかぶって、先生は頰杖《ほおづえ》をついていた。今日のネクタイも趣味の悪い枯れ草色。

「先生」

呼びかけると、ハッとしたようにふりむいた。

「ああ、わざわざ悪いね。ま、ちょっと座って……」

あたしがパイプ椅子に腰をおろしても、先生は「あの」とか「その」とか言うばかりで、なかなか話をはじめない。いつもはくどくどと、しつこくしゃべる人なのに。早く話がはじまって終わることをあたしが願っていると、

「絵は、描いているの？」

ふいに、先生が言った。

意外なはじまりだ。

あたしは首を横にふった。

「描いてません」

「そうか。それはその、少々これまでの努力が惜しまれるというか、せっかくの自己表現の術《すべ》がもったいないというか、つまりその……残念だ」

簡単なことをまわりくどく言う人なのだ。

「美術部の雨谷《あめや》先生がおっしゃってたよ。藤井さんはその……あれだ、いい絵を描くってね」

「はあ」

「最近はかなり勉強のほうに力を入れているようだね。無論、成績の上昇は好ましい変化だし、本来ならば喜んでしかるべきなのかもしれない。が、しかし……」

黒ぶちのメガネを外して、先生が目の下の汗をぬぐう。

「藤井さんは最近、元気がないんだね」

「……」

「藤井さんは、一年のころはもっとのびのびとした、個性的な子だったんだろう？ぼくは二年からの受けもちだけど、ぼくにはその、君の個性というものをいまひとつ把握しきれなかったから……」

ぼんやり顔をあげると、先生のデスク上にある給食が目に入った。今日のメインだったクリームシチューからは、まだかすかに湯気がのぼっている。

「ぼくにはどうもそういう、生徒の本質をつかむような能力が欠けていて、一対一でむかいあうのを潜在的に避けてしまうきらいもあって、だからいつも成績だとか受験の話ばかりに傾いてしまいその結果、もしかしたら藤井さんを追いつめてしまったのではないかと……」

目の前で冷たくなっていくシチューをながめながら、もしかして、とあたしは思った。この昼休み、先生はずっと考えていたのかもしれない。あたしになにを話そうか、どんなふうに話そうか、給食にも手をつけないで。

「ぼくがその、君の個性をないがしろにしたために、あるいは受験勉強を強要しすぎたがゆえに、成績アップと引きかえに藤井さんは個性を手放すことになってしまったのならば……」

「ちがいます」

あたしはあわてて否定した。

「先生、それは大勘違いです。先生はたしかに勉強と受験のことしか言わなかったけど、あたしはぜんぜんきいてなかったから、だいじょうぶなんです」

「ぜんぜん？」

「そ、そうか」

先生は一瞬、ぽうっとしてから、
ぱっと晴れやかな笑みを広げた。

「それならよかったけど……あ、しかし、それでは藤井さんのここ昨今の元気のなさは、どのような要因が背景にあってのことで……その、なにがあったのかな」

「話すと長くなるから」

「いや、かまわない。先生はききたいな」

あたしは話したくなかった。

「……すまない。人はだれしも胸にしまっておきたいことがあるものだよな。でも、もしもぼくにできることがあったら、遠慮せずになんでも言ってほしいんだ。ぼくも一度くらいは君の力になりたい」

先生が期待満々にあたしの顔をのぞきこむ。

「なにかないかな？　ぼくにできることは」

ない、と言うとがっかりさせてしまいそうなので、

「じゃ」

と、あたしは給食を指さした。

「シチューを食べて」

「シチューを？」

「うん」

「ぼくが？」

「うん。だって先生の給食でしょ」

「ああ。では……」

小首を傾げながらも先生は給食のトレイを引きよせ、スプーンでシチューを口に運んでいく。何度かかみしめ、こくんと飲みこんだ。

「これでいいのかな？」

「うん。その調子で食べつづけてください」

少しでも湯気が立っているうちでよかった。

満足して席を立ち、そのままあたしが職員室をあとにしようとすると、

「待って、藤井さん」

先生の声が追ってきた。

「パンとチーズも食べたほうがいいのかな?」

まじめに問いかけてくる先生に、あたしもまじめに返した。

「もちろんです」

大きくうなずいてパンを手にした先生は、あたしなんかよりもずっと個性的な人であることを、いつかみんなに教えてあげたい。『卒業文集』かなんかで大々的に。


十月のはじまり。

気がつくと夏はそっけなく通りすぎ、日焼けひとつしなかったあたしは、あいかわらずゴジラが火をふくように勉強をつづけていた。

見ていられなくなったママが裏で手をまわしたみたい。

平日の夕方、高志くんがひょっこり家にやってきた。

「真治のことでおやじになんか言われたんだって? で、しゃかりきに勉強して気をまぎらわしてるってわけか。賢いというか、バカというか……」

鋭い。さすが秀才だ。早くも大手企業から就職の内定をもらってるだけのことはある。

「そこまでわかってるなら放っておいて」

問題集を解きながら言いかえすと、

「放っておけないって、おばさんに頼まれたんだよ。さゆきが勉強しすぎないように一日家庭教師をしてやってくれって」

「しすぎないように？」

「ほどよい加減、ってやつを教えてやってほしいんだと。まさかこんな頼みごとをされる日が来るとはなあ」

感慨深げに言いながらも、高志くんはちっとも「ほどよい加減」なんて教えてくれず、なつかしいなあ、なんて目尻《めじり》をたらしてあたしの教科書を読みふけっていた。

「おれのころからそんなに変わってないな、教科書は。よく丸暗記したもんだよなあ……そうそう、この絵、おれもこの聖徳太子に落書きしたよ」

「高志くんも？」

「猫ヒゲを描きたくなる顔なんだよな」

すっかり忘れていたけど、たしかにあたしも猫ヒゲを描いている。

思わずくくっと笑ったあたしに、高志くんが言った。

「はっきり言っておれ、おばさんたちは心配しすぎだと思ってる。勉強は、やればやるだけいいんだよ。けど、落書きするくらいの気持ちの余裕はあってほしいよな」

あたしは無言で教科書をめくった。たしかに、あるページを境にぴたっと落書きがなくなっている。西郷隆盛の写真すら手つかずのまま。こんなに泥棒ヒゲが似合いそうな顔をただで放っておくなんて。

今のあたしには余裕がない。

その事実をかみしめながらつぶやいた。

「でも、余裕があると、考えちゃうし」

「真治のこと?」

「ん。どうしてるんだろう、とか」

「おやじのアパートは出たみたいだよ」

「ほんと?　じゃあ今、どこにいるの?」

高志くんのひとことに飛びつくようにきくと、

「さあ、どこだろう」

返ってきたのは素気《すげ》ない声。

「よく知んないけど、また友達んちでも泊まり歩いてんじゃないのかな」

「よく知らないって、兄のくせに」

「そう、兄にも話さないんだよ、真治は本心を。なんでもひとりで抱えこむ。さゆきもそうだな」

「あたしも？」

「結局、似た者同士ってやつか」

さんざんあたしの教科書に落書きをした高志くんは、最後に「睡眠時間は削るなよ、美容に悪いから」と忠告し、ちゃっかりママから家庭教師のバイト料をせしめて帰っていった。

どっちが似たのか知らないけど、やっぱり高志くんも少し真ちゃんと似ている。

ふと首を傾げたときの表情。

少しかすれた低い声。

紅茶に入れる砂糖の量。

高志くんのいなくなった部屋のなか、真ちゃんのことを思いだして、あたしはまたトマトジュースの海におぼれそうになる。

急いで机に駆けより、問題集とむかいあう。

数字や記号で頭のなかをうめつくす。

いつまでこんなことが続くんだろう？

6

勉強のあいまに窓を開けると、吹きこんでくる風がひんやりと冷たい。

クローゼットから薄手の服が消える。

セーラー服も衣替え。

伸ばしっぱなしの髪をポニーテールにすると、襟足がスウスウする。

真ちゃんのおじちゃんが入院したのは、そんな秋のただなかのことだった。


うろこ雲の群れがすっぽりと地球を覆っていた火曜日の夕方。

あたしが家に帰ると、お姉ちゃんが階段をおりてきて、

「おじちゃん、入院したよ」

あっさり告げられた。

「入院？　どうして」

「胃潰瘍《いかいよう》。悪化したんだって」

あーあ、とあたしはため息をついた。

おじちゃんは昔から胃が悪かった。慢性胃潰瘍って病気。病院が嫌いなおじちゃん

は、しょっちゅう定期検診をすっぽかしてたっけ。いつか入院するはめになるぞ、とみんながおどしていたその日がついにやってきたのだ。

お姉ちゃんの話をまとめると、こうなる。

仕事の営業で得意先の会社をまわっていたおじちゃんは、応接室で人を待っているうちに突然、胃を押さえて苦しみだした。

「救急車はいやだ。タクシーにしてくれ。救急車には乗りたくない」とうめくおじちゃんを乗せて、救急車はピーポー走っていった。

診察の結果、即入院。

「命はだいじょうぶなんでしょ？」

念のためにきくと、

「その心配はまったくないって。今、ママが病院に行ってる。おばちゃんも」

「そう」

おばちゃんも、か。

「あたし、行かなくていいのかな」

「いいんじゃないの、危篤でもあるまいし。さゆきが行っても邪魔になるだけよ」

なぜだかお姉ちゃんはイライラしていた。病院に行ったママのかわりにふたりで夕食のカレーライスを作っているあいだも、にんじんやじゃがいもをいまいましげににらみつけ、がんがん切っていく。

やがて、

「天罰よ」

ぼそっとつぶやいて、切った野菜を鍋《なべ》に放りこんだ。

「別居なんてするから」

「うん」

それは、言える。

この町でいっしょに暮らしていたころ、おばちゃんはいつもおじちゃんの体を心配して、食事にも気をつかっていた。不精なおじちゃんのことだから、ひとり暮らしをはじめたとたん、一気に食生活が乱れたんだろう。

「だからよせばよかったのに。別居なんて」

鍋の野菜を炒《いた》めながら、お姉ちゃんがつぶやいた。

「もう、よせばいいのに」

その夜のカレーライスはとびきりからかった。

あたしとお姉ちゃんは何杯も水を飲み、何度もため息をついた。

病院のなかって、どうしてこんなに足音が響くんだろう?

不思議に思いつつ、あたしはその長い廊下をぺたぺたと歩いた。

十月十六日の日曜日。おじちゃんが入院してから五日目の朝、パパの運転する車であたしたち一家は病院を訪れた。

板橋区の成増《なります》にある総合病院。まだ建って間もないようで、病棟の壁は真っ白、気のせいか看護婦さんたちの白衣もぴかぴかして見える。

自分の会社ならまだしも、人の会社で倒れた人騒がせなおじちゃんは、そこから一番近い病院に運びこまれたんだって。

「いや、きれいな病院だなあ。こんなとこなら、おれも二、三日、入院したいくらいだ」

落ちつかないのか、パパは病棟に足を踏みいれてからずっと、きょろきょろと首を動かしっぱなし。

「ほんと。おじちゃんが住んでるアパートより、ずっときれいで清潔そう」

あたしが正直な感想を口にすると、

「さゆき。あんた、おじちゃんの前で言うんじゃないわよ、そんなこと」

ママがキッとふりむいた。

「ここって私立だよね。入院費、高いんじゃない？」

こういうリアルな話題を持ちだすのは、お姉ちゃん。

「ええ、それもそうだけど、ベッド数のわりには看護婦さんが少ないみたいでね。ヘルパーさんだっていつもいるわけじゃないし、おばちゃんも大変よ」

おばちゃんはこの五日間、つきっきりでおじちゃんの世話をしている。若菜町から成増までは車でも二時間以上かかるから、ママもそうそう手伝いに来られないし。

「別居中の女房にそんなこと頼めない」

おじちゃんは最初、そう言って抵抗したそうだけど、

「よそさまに迷惑をかけるよりマシです」

おばちゃんの正論に押しきられたらしい。

二年前から続いてる別居。その直接の原因をあたしは知らない。

ふたりのあいだになにがあったのかわからない。

でも、世話をするおばちゃんにとっても、世話をされるおじちゃんにとっても、複雑な病院生活であるのは想像がついた。

「ああ、来てくれたか。待ってたよ。病院は退屈でたまらん」

あたしたちの顔を見るなり、おじちゃんはお見舞いの文句も最後まできかず、ひとりでぺらぺらしゃべりはじめた。囚人服みたいな縦縞《たてじま》のパジャマを着て、枕元には週刊誌を積みあげている。

「いやあ、まったく情けない。無理がたたって、このザマだ。あげくのはてに別居中の女房に面倒をかけるとはなあ。本気で情けないよ」

病気になると人は子供にもどる、と言うけれど、おじちゃんはまさにそんな感じ。身ぶり手ぶりで熱心に、自分の情けなさを訴えている。

かなり、元気だった。

「まあ人間、生きてれば情けないことの一つや二つもあるよ」

「離れて暮らしたって夫婦は夫婦じゃない。早く良くなるのが一番の恩返しね」

うまいこと話を合わせているパパたちの横で、あたしは病室を見渡した。

いかにも病室らしい白々とした部屋。ぜんぶで六つあるベッドのうちの二つには、熟睡中のおじいさんと読書中の男の子の姿がある。おじちゃんの声さえなかったら、どんなにか静かな空間だろうと思う。

「おばちゃんは？」

とめどなく続くおじちゃんの話をさえぎって、お姉ちゃんがきいた。

そういえば、おばちゃんの姿がない。

赤いギンガムチェックのティッシュカバーに、花瓶にいけた花。おばちゃんの気配だけがベッドのまわりに漂っている。

「今、買いものに行ってるよ。下着の替えやなんやらをね。いや、しみじみと、情けない」

おじちゃんがひときわ情けなさそうな顔をした。そして、

「ちょっと、さゆきちゃんと話をさせてもらえるかな。ふたりで」

いきなり大人の声になって言った。

パパもママもお姉ちゃんも、申しあわせたみたいに戸口のほうをふりかえり、なにもきかずに病室をあとにした。あらかじめ、そういうことになっていたのかもしれない。

急にしんと静まった病室。

しゃべりつかれたのか、おじちゃんも無言のまま。

こんなふうにむかいあっていると、あたしの心はあやうくなる。

あの日のことを思いだしてしまう。

「じつはな」

ごそごそと、背もたれにしていた枕の位置をずらしていたおじちゃんが、急にぴたりと動きを止めて言った。

「おじちゃんが入院したのは、さゆきちゃんと哲也くんのせいなんだ」

「は？」

「さゆきちゃんがおじちゃんちに来た日、結局、真治は帰ってこなかったよ。それき

り一度も帰ってこない。しかたなくおじちゃんは、さゆきちゃんと哲也くんからもらったケーキをぜんぶ食べた。四つだ。苦しかったよ。あんなにしんどい経験はめったにない。それで胃潰瘍《いかいよう》が悪化した」

「いつの話よ」

あたしはあきれて言った。

「三ヶ月以上前でしょ。いまごろ胃に響いてくるの？」

「はは、冗談だよ」

おじちゃんが笑った。ぜんぜんおかしくなさそうな、投げやりな笑いかた。

「きのう、真治が見舞いにきた」

低いつぶやきに、どくんと、心臓が暴れた。

「三ヶ月も行方をくらませておきながら、あいつ、けろっとした顔で白桃なんか持ってきやがった」

「真ちゃん、元気だった？」

「ああ。また少しやせてはいたけど、顔色は悪くなかったかな。ちょっとはあいつもずぶとくなったのかもしれん。白桃も自分で食ってった」

「よかった……」

「よくないよ。例の就職話、どうするんだって突きつめたら、あの野郎、なんて言ったと思うか？」

「なんて？」

「ころっと忘れてた、だと」

「へ」

「まったく卑怯《ひきょう》なやつだ。おれが点滴で動けないときを見はからって来やがった」

「本当!?」

「忘れてたってのはうそだろうが、就職する気がないのは本当だろう。今はまだ音楽のフィールドでやりたいことが多すぎるんだとさ。さゆきちゃん、うれしいだろう」

「うん、うれしい」

真ちゃんは夢を捨ててない。

やった！　と大声をあげかけたあたしを、

「だが、おじちゃんはくやしいよ」

おじちゃんの重たいひとことが止めた。

「おじちゃんはな、さゆきちゃんがうれしい何倍もくやしい」

「……」

「真治がこれからのことをどう考えてるのか知らん。どんな未来を描いてるのか知らん。けどおじちゃんはな、現実的に考えて、バンドが成功する可能性なんか〇・一パーセントにも満たないと思ってるよ。必ずどこかでつまずく。そのときに苦労するのは真治自身なんだ」

あたしは頭をたらして白いスリッパを見下ろした。

目に、耳に、心にふたをする。

――一四六七年、応仁の乱。

――一五七三年、室町幕府、滅びる。

「今ならまだ間に合う。若さを武器に就職先を探すこともできる。けどな、あいつが三十、四十になったとき、学歴もキャリアもない自称元バンドマンをだれが相手にしてくれる？　おじちゃんが社長なら採らないよ。社会ってのはそんなもんだ」

――一五八二年、本能寺の変。

――一五八四年、イスパニア船、平戸に来航。

――一六〇〇年、関ケ原の戦い。

「おそらく世間には真治みたいな若者がごまんといるだろう。そしてそのうちの大多数は夢破れて去っていく。いったい彼らはどんな思いで残りの人生を送るんだろうね。残酷な話だと思わないか、さゆきちゃん」

――一六一二年、徳川秀忠、キリスト教を禁止。

――一六三七年、島原の乱。

——一六三九年、鎖国令。

「だが、真治はそれをむしろすがすがしい話だと言う」

——一六四一年……

え？

「やるだけやって破れるんなら爽快《そうかい》だ、と。成功するしないの問題じゃなく、あいつにとっては音楽をやってる今の時間そのものが得難く、かけがえのないもんなんださ」

あたしは床へむけていた視線を持ちあげた。

おじちゃんの声は厳しかったけど、あたしを見つめる瞳《ひとみ》は昔みたいにあたたかかった。

「そこまで言うならおれはもう知らんよ。あいつの未来への期待は捨てた。だから、さゆきちゃんも、もうあいつに過剰な期待をかけるのはやめたほうがいい。そんなに夢がほしいなら、さゆきちゃんが自分で作りなさい」

「え？」

「さゆきちゃんはさゆきちゃんの夢を、自力で作っていくんだ」

パパたちと入れちがいに病室を出てから、あたしは広い病院をさまよい歩いた。

長い時間。

ひとりで、さまよった。

歩きつかれて廊下のソファーに座り、ぼうっと白い天井を見あげる。

ぽろっと涙がこぼれた。

7

場所柄、病院にはおよそたくさんの菌がうようよしているのだろう。その病院を長いことうろつきまわったあたしは、掃除機のように菌という菌を吸いとっていたのかもしれない。

翌日、ものすごい熱を出した。

なんて、まぬけな。

「ひとりでふらふらするからよ」

お姉ちゃんのあきれ声が、熱でもうろうとしたあたしの耳に刺さる。

「ぷらっと病室を出たっきり、あんた、ぜんぜん帰ってこないんだもん。心配してみんなで探したら、廊下でぎゃあぎゃあ泣いてる子がいるじゃない。知人を亡くしたかわいそうな少女だと思ったら、なんとさゆきでさ。いったいどうなってるんだか」

正直、自分でもどうなっていたのかわからない。でも、一度流れだしたら止まらないのがあたしの涙だ。止まらないものはしょうがないじゃない……。

声に出さず思っていると、

「熱といっしょに、体のなかの毒もぬけていくといいわね」

今度はやわらかいママの声。

ママが持ってきた解熱剤を飲んで、あたしはスヤスヤと眠った。

ふっと目をさますと、

「おっ、さゆき。起きたか」

今度は、はつらつとしたパパの顔。

「さゆきの好きなもん、買ってきたぞ」

パパの手にした白桃の缶詰を見て、あたしはぷっと吹きだした。


パパの白桃には笑ったけど、笑うよりもぎょっとしてしまったのがテツの見舞品だ。

突然の大熱から四日目。

熱もさがって体が楽になると、とたんに退屈になる。

そろそろ学校の友達に会いたいな、と思っていたら、夕方、テツが見舞いにやってきた。

「さゆき、哲也くんよ」

階段をのぼってきたママを、あたしはあわてて止めた。

「ちょっと待った！」

タタタッと鏡の前に駆けよって髪をとかし、空色のパジャマの上から白いカーディガンをはおる。

これで、よし。あたしはふたたびベッドに飛びのって言った。

「通しなさい」

「お姫さまみたいだね」

テツがぴょこんと顔を出す。

「いいのよ。病人は、いばっても」

言いながらチラッと目をやると、学ラン姿のテツは、なにやら奇妙なものを抱えている。

金魚鉢。

鉢、というよりも水槽か。長方形をしたガラスの器のなかで、テツの動きに合わせてゆらゆらと水がゆれている。わかめみたいな水草のあいまにちらちらとのぞく赤い物体は……やっぱり、金魚だろうな。

「なにそれ」

「金魚だよ」

「それは知ってる」

「ほしがってたじゃない、さゆきちゃん。ほら、去年の夏祭りのとき、金魚すくいをやるって言いだして」

水槽を両手にテツが歩みよってくる。ベッド脇のサイドテーブルに水槽をおろすと、金魚と顔をならべるようにして自分もその横に座りこんだ。

「ぼく、やめたほうがいいって止めたけど、あれ以来さゆきちゃん、半年ぐらい口をきいてくれなかったから。あんなに怒るくらいだから、よっぽど金魚がほしかったんだな、って」

「……」

ちがうのに、と思った。

金魚なんて、どうでもよかったのに。

今ならわかる。あたしはうろたえていたのだ。

あたしとテツ。小さいころからずっといっしょで、あたしのほうがいつも前を歩いていたはずなのに、いつのまにかテツは離れたところにいて、体もあたしよりぐんと大きくなっていた。あたしはとまどって、イライラして、どうすればいいかわからなくて……ついにはあの夏祭りからもテツからも逃げだしてしまった。

「それでね。ぼく、今年の夏祭り、こっそり金魚すくいやってきたんだ」

テツがにっこりと水槽を指さす。

上からのぞくと、金魚は三匹いた。

ふつうの赤色が二匹に、黒いデメキンが一匹。

「夏祭りって、もうずいぶん前じゃない」

「うん。でも最近のさゆきちゃん、おかしかったから、渡しづらくて、ずっと……。でも、熱を出して寝てるとき、金魚がそばにいたら、いいと思ったんだ」

なにがいいのかはなぞだけど、テツの気持ちはすなおにうれしい。

テツの家からここまでの二十分、この重そうな水槽を運んでくるのには、かなりの体力と根性が必要だったはず。

「ありがと」

この金魚の世話、もしかしてこれからあたしがするのかな、という不安を隠してあたしは笑った。

「大切にするね」

「餌のやりかたとか、教えてあげるから。水をとりかえるときはぼくも手伝うよ」

あたしの不安を見ぬいたようにテツも笑う。

「大事にしようね、金魚すくいの金魚って弱いから。本当は、デパートとかで売ってる金魚のほうがいいんだろうけど。もっと大きくて、立派な名前がついてるやつとか、買ってきてもよかったんだけど……」

「ううん、これでいい」

「そう？」

「うん。これが、いい」

あたしはきっぱりと言った。

立派な名前なんてついてない小さな金魚が、あたしには一番ふさわしい。


金魚の餌は毎日、何回かに分けて与えること。

一度にたくさんあげすぎないこと。

三週間に一度は水をとりかえること。

直射日光の当たるところに水槽を置かないこと——。

「さゆき。ママよ」

十分以上もテツの『初心者のための金魚講座』をきかされて、あたしが飽きてうとうとしかけたところで、扉のむこうからママの声。

「お入りなさい」

あたしが言うと、

「なんです、その言いぐさは」

クッキーと100%オレンジジュースをトレイにのせてママが入ってきた。

「哲也くん、金魚をどうもありがとうね。ヒラメまでいただいちゃって。さゆき、今夜のおかずはヒラメのムニエルよ」

金魚のほかに、テツはヒラメまで持ってきたのか。

あたしがあっけにとられていると、ママは水槽のわきにトレイを置いて、テツに笑顔をふりまきながら部屋を去っていった。

「じゃ、ゆっくりしていってね、哲也くん。お母さんによろしく」

ママの愛想がこんなにいいのは、ヒラメの力が大きいと思う。

あたしはぽりっとクッキーをかじった。

「ほどよい甘さで、ヘルシーな味わい」

グルメ番組のレポーターを真似ながらふりむくと、テツはやけに深刻そうな顔をしている。

「どうしたの？」

「さっき、おばさんからきいたよ。おじちゃんのお見舞いに行ったあと、さゆきちゃん、病院で泣いてたんだってね」

「……」

「泣けて、よかったね」

テツがいきなり笑顔になって、

「安心したよ、ぼく。このごろのさゆきちゃん、なんかロボットみたいだったから」

「そう？」

「うん。機械みたいにしゃきしゃき勉強して、でも、べつにいい点とってもうれしそうじゃなくて。さゆきちゃんがどんどん別人になってくみたいで、なんか怖かったよ。なんとかしたくってさ、ぼく、これでもあれこれ考えてみたんだけど……」

言いながらテツがジュースのコップを手にとった。なかの氷をカラカラと鳴らす。

「さゆきちゃん、ぼくの夢、きいてくれる？」

「え。どうしたの、いきなり」

「いきなりじゃないよ。今日は最初から決めてきたんだ。さゆきちゃんに金魚をあげて、それからぼくの夢の話をしよう、って」

「あんた、夢なんてあったっけ？」

「うん。ぼくね、魚屋になりたいんだ」

「今だって魚屋の息子じゃない」

「でも、今はすっかりスーパーに押されちゃってるから。改装してね、もっと大きな魚屋にしたいんだよ。それで今みたいに、どこよりも新鮮な魚を売るんだ」

テツの表情がきりりと引きしまった。

「売るだけじゃないよ。魚のこととか、いろいろ勉強してくわしくなってさ。どこの海でとれる魚とか、どんな泳ぎかたをする魚とか、そういうのをお客さんに教えてあげるんだ」

「この魚はすいすい泳ぎます、とか?」

「そう。この魚は日本海でとれたんです、こっちのは太平洋ですよ、これは海の深いところで生きる魚です、なんてね。ただ安いよ、とか新鮮だよ、とか言うだけじゃなくて、もっとお客さんに楽しんでほしいし、魚を好きになってほしいから。おいしい料理法とかも教えてあげてさ。そういうこと、したいんだ、ぼく」

熱っぽく自分の夢を語るテツ。仲間外れにされて泣いていた、あの遠い日からたくさんの時間が流れて、今、目の前にいるテツはまるで涙をこやしに育ったぺんぺん草みたいだ。しっかりと上をむいて伸びていく。

「真ちゃんみたいにかっこいい夢じゃないけどね」

「そんなことない。いい夢だと思うよ、すごく」

「ほんと?」

「うん」

きいているうちに心がほんわかと明るくなる、これはいい夢の証拠だ。

テツはテツらしい夢を、
真ちゃんは真ちゃんらしい夢を、
叶《かな》う叶わないにかかわらず、今、しっかりと持っている。

そしてあたしは——。

「だからぼく、高校も商業科に行くことにしたんだ。帳簿とか、経営学とかも勉強したいし」

きびきびとしゃべりつづけるテツの声に、あたしは「え」と目をまたたかせた。

「テツ、もう志望校、決めてんの？」

「え。さゆきちゃん、もしかしてまだ決めてないとか？」

「決めてない」

受験のことなどすっかり頭からぬけていた。

「うそみたい」

「だってまだ十月だよ」

「もう十月だよ。さゆきちゃん、なんのためにあんなに勉強してたの？　志望校ぐらいとっくに決めてるかと思ったら……でももちろん、候補は考えてるんでしょ」

「ぜんぜん。だって、どんな高校があるのか知らないし」

「資料も読んでないの？」

「資料って？」

「いろんな高校の特色とか偏差値とかのってる分厚い本。いいよ、明日ぼくが持ってくるから」

「悪いね」

「いいって。ぼくも小さいころ、さゆきちゃんに助けてもらったし」

あたしはふふっとほほえみ、オレンジジュースを口に運んだ。おいしい。

それからもう一度、水槽のなかをじっくりとのぞきこんだ。

ちょろちょろと動く、赤と黒の魚たち。

「命があるものって、見てると飽きないよね」

テツのつぶやき。

「ね、金魚も夢を見るのかな」

「うーん。見るかもね。もっと広いところで泳ぎたいとか、海や川にも行ってみたいとか」

「いつか連れていってあげたいな。広い広い、アマゾン川とか……」

「アマゾン川はさすがにヤバいんじゃない？　ピラニアに食べられちゃうよ。金魚は小さいんだから」

「そうかな」

あたしは声を落とした。

そうなんだろうな、きっと。

ガラス越しに見える金魚たちは本当に、ハラハラするくらい小さい。水槽のなかをたゆたうようにひらひらと泳いでいる。

金魚は弱い、はかない生きものだ。

そして世界は広い、おそろしい場所。

ピラニアだとか、
サメだとか、
幻の恐竜だとか、
いろんな天敵が息をひそめて、あたしたちの大切なものを狙っている。

あなどれない。

それでも……。

と、あたしは、水のなかで光る金魚たちを見つめながら思った。

それでも、はかない生きものたちは、がんばって夢を見つづけなきゃいけない。

「だいじょうぶ」

と、あたしは声に出して言ってみた。

「アマゾン川でも生きのこれるぐらい、うんとたくましい金魚に育てるから。……育てようね、いっしょに」

ふりむくと、

「うん」

力強くうなずくテツがいる。

その夜。あたしは頭のなかをまっ白にして、机の引きだしを開けた。
忘れてはならない、忘れてはならなかった大事な儀式。
引きだしの奥にしまいこんでいたスティックとむかいあう。
両手でぎゅっとにぎりしめる。
手のひらのなかであたためる。
泣きたいくらいに強く思った。
リズムを……、
あたしのリズムを、とりもどさなくては。

8

今年の冬はものすごく寒かった。薄手のセーターの上からセーラー服、さらにその上からカーディガンを重ねてダッフルコートをはおり、マフラーと手袋で完全防備をしてもまだ寒い。

五回も雪がちらついた。

初雪は十二月のはじめ。しとしと降っていた雨が雪に変わりはじめた瞬間を、あたしは教室の窓から朋子とながめていた。

二回目から四回目の雪ははっきりしない。

テッと作った雪だるま。

クラスの友達と本気でやった雪合戦。

校庭で雪かきをしていた大西先生の見事なしりもち。

びしょびしょに濡《ぬ》れた手袋。

解けはじめた雪のぺちょっとした感触。

部分的にはおぼえていても、それらがいつのことだったかはあいまいだ。

五回目の雪は今日の朝。

ちらほらと空を舞いはじめた白いかけらを、ベランダからぼんやり見あげながら、あたしは思った。たぶんこれが、この冬、最後の雪になるだろうな。

それから大きく深呼吸をして、階段をおりていった。

三月六日。

今日は公立高校の合格発表日なのだ。


「うかってればいいね」

「ひとりだけうかってたら、いやだね」

「なぐさめないよ」

「それはこっちのセリフよ」

はらはらと降りつのる雪のなか、あたしと美砂は電車をのりついで受験した高校をめざした。

「この高校の美術部には、ぼくの知ってる先生の教え子さんの友達がいるそうなんだけど、なんというか、その、又聞きってことを差しひいてもなおかつ、なかなかレベルが高そうというか、評判がいいみたいなんだ。ここなら藤井さんの個性が生かせるのではないかと……」

などと大西先生に薦められたのがきっかけで、あたしはその高校を選んだのだけど、美砂も偶然おなじ高校を希望していたのだ。

「高校生になったら、毎日、この道を歩くんだね」

「いっしょに通おうね」

駅から高校までの二十分、白一色に染まった道を歩きながら、あたしたちは「高校生になったら」の話ばかりしていた。

どきどきはしていたものの、あたしも美砂も結果にはちょっと自信があったのだ。それほど偏差値の高い学校じゃなかったし、競争率も低かったし。受験勉強もそれほどがむしゃらにやらないですんだ。のんきに絵を描いていたぐらいだから。

今から思えば、やみくもに勉強したあの三ヶ月間のおかげかもしれない。

とはいえ、高校に到着したころには、あたしたちの顔にもさすがに緊張が走っていた。

おなじように結果発表を見にきた人たちで混みあう正門をくぐり、ゆっくりと足を進めていく。

合格発表の掲示板が、まぶしいぐらいの雪景色のなかに、くっきりとうかびあがって見えた。

「さゆき。視力、いくつ？」

「1・5。美砂は？」

「2・0」

「信じられない。じゃあそろそろ、読めるんじゃない？　番号」

「人がいっぱいで、だめ」

視力検査のまねごとをしながら、恐るおそる歩みよっていく。

掲示板の前には一際たくさんの人の群れ。バンザイ三唱をしている人、跳びはねている人、うれし泣きにむせぶ人――あまりにもみんな喜んでいるので、本当に競争率が低かったんだな、としみじみ思ってしまった。

「あった」

「あった」

掲示板に書かれた数字を指さして、あたしと美砂が小さな声をあげる。それから、そっと両うでをさしだして、抱きあった。


「もしもし、ママ？　あたし」

「あら、あら……ど、どうだった？」

「サクラサク」

「あー、よかった。ママ、どきどきしてじっとしてられなかったわよ」

「自分の娘を信じなさい」

「さっきね、哲也くんのお母さんから電話があったわよ」

「なんて？」

「哲也くんもサクラサク」

「あー」

駅の公衆電話からママに速報を流すと、続いて学校の先生に直接、結果を告げにいく「報告の儀式」が待っている。面倒だけど、これは「なんとか無事に受験生としての任期を終えました。明日からはふつうの女の子にもどります」という、切りかえの儀式のようなものなのだろう。

軽快な足どりで学校へたどりつき、一階の廊下を歩いていたら、むこうから朋子がやってきた。

朋子はあたしよりもずっと頭がいい。目標も高く、競争率が三倍近い高校を受けていた。

きのうの夜、うちに電話をかけてきて、

「あたし、もうだめだー。絶対に落ちる。落ちる自信ありすぎる。明日、発表なんて見に行かないんだから」

と泣いていた朋子も、今日ははちきれそうな笑顔だ。

「サクラサク」

「コチラモ、マンカイ」

すれちがいざまにささやきあって、あたしたちは通りすぎた。

同時に、くるんとふりかえる。

「今晩、また電話する」

「うん」

大きくうなずいて、あたしは職員室にむかった。

そこで発見。大西先生は涙もろい人だった。

生徒がいい報告を持ってくるたびに、いちいちハンカチで目頭を押さえている。

意外な一面がいっぱい。もっと知りたいのに、もうすぐ卒業なんて。

あたしの前にいた三人が報告を終えると、あたしは先生の前に進みでて、言った。

「先生。あたし、うかった」

「そうか。それは本当に、ぼくも本当にその、本当になんというべきか……」

うれしい、と言って先生は、やっぱりハンカチを目に当てた。


あたしの中学校。

あたしの友達。

あたしの先生。

あたしの三年間。

粉雪に変わったお砂糖みたいな雪を美術室の窓からながめながら、あたしは心のなかのキャンバスに、そのひとつひとつをしっかりと刻みこんでいった。

それから、本物のキャンバスを右手に抱えて、静かに部室をあとにする。

めざすは、大好きな用務員室。

林田さんは三月いっぱいで定年退職が決まっていた。

「お別れの記念に、あたしの絵がほしい？」

と尋ねると、林田さんはあまりほしそうな顔はしなかったけど、善意でうなずいてくれた。

その絵にとりかかったのが二月のはじめ。

さんざん迷ったあげく、あたしがモデルに選んだのは、真ちゃんだった。写真もなにもないけど、記憶だけはしっかりとある。ライブハウスで見た最高の真ちゃん。あの一瞬を、たとえキャンバスのなかだけでも復活させたかった。

それに、林田さんにとっても真ちゃんは思い出深い人のはずだから。

「藤井は受験生だろ。こんなことやってていいのか？　落ちるぞ。すべるぞ」

美術部の雨谷先生におどされながらも、あたしはせっせと美術室に通った。

慣れない油絵の具に挑戦して、全力で一枚の絵を完成させた。

「林田さん？」

扉を叩《たた》いても返事がない。だまって扉を開くと、林田さんのとろんとした寝顔が見えた。電気ごたつのテーブルにうつぶせてうたたねしている。

風邪ひくのに。

こたつのわきにキャンバスを立てかけ、あたしは押しいれから毛布を引っぱりだした。林田さんの小さな肩にかける。と、その肩がぴくんと震えた。

「おや、さゆきちゃん」

林田さんがむくっと顔を起こす。

「あ、ごめん。起こしちゃった」

「いや、いや。そんなことよりも、ほら、あれはどうだった？」

「あれ？」

「合格発表だよ」

「ふふ。どうだったと思う？」

「その顔は合格だね。おめでとうさん。まあ、わたしはうかると思ってたよ」

のんびりノビをしてから、林田さんはキャンバスに気がついた。

「ほう、できたかい」

両手でキャンバスをはさむようにして、目の高さまで持ちあげる。

「真治くんだね」

「うん。あんまり顔をくっつけないほうがいいよ」

「だいじょうぶだよ、あら探しはせんから」

「まだ絵の具が乾いてないの」

「はは……できたてのほやほやか」

「うん、油絵一号は真ちゃんだけど、二号は林田さんだから、待っててね。卒業までに絶対、描きあげるから」

「それはそれはありがとう」

顔いっぱいにしわを刻んで、林田さんはきちょうめんにおじぎをした。それからふたたび、キャンバスのなかの真ちゃんとむかいあう。

「さゆきちゃんは本当に真治くんが好きなんだね」

「うん、好きよ。スターにならなくても、学歴がなくても、あたし、真ちゃんが大好き」

だけどこれは、燃えさかる炎のような『恋』でも、広大な海みたいな『愛』でもない。そんなにわけのわからないものじゃなくて、もっとはっきりしている。

いつでもどこでも大声で「大好き」と言える人。

それが、あたしにとっての真ちゃんだ。

「うん。見えるよ。さゆきちゃん」

「え？」

「真治くんの瞳《ひとみ》に映っているものが見えるよ」

「ありがとう」

あたしはそっと立ちあがり、窓辺に歩みよってカーテンを開けた。

「林田さんは、この学校をやめたらどうするの？」

「さあ、もう仕事はしないだろうねえ」

「じゃあ、なにをするの？」

「さて、なにをしようか。のんびり考えるとするかな」

「うんと暇でやることなかったら、連絡してね。遊んであげる」

「はは。さゆきちゃんは高校に入ったらきっと忙しくなるよ」

「そんなことない。真ちゃんみたいに手紙だって書くし」

ちょっと切なくつぶやいて、あたしはひんやりとした窓ガラスに手を当てた。

雪はもうやんでいる。

何年も、もしかしたら何十年ものあいだ林田さんが育ててきた花壇の花が雪をかぶって、まるでそれはかすみ草の花畑みたいだった。

その日、あたしはいつもの道ではなく、田んぼのあぜ道を通って帰ることにした。

一面の雪に覆われた田んぼは、くらっと目まいがするくらいきれいだから。人影も物音も足跡もない。あるのはただまっ白い大地だけ。視界の果てには小高い丘が、まるでなにかの目印のようにたたずんでいる。

できるだけ足跡を残さないように、残さないようにと気をつけて歩いた。どこか神聖なこの純白を汚したくなくて。

でも、雑草だらけでただでさえ歩きづらいあぜ道に、雪までつもっているとかなりしんどい。ずぼ、ずぼ……と、踏みだすごとに足首まで雪にうまってしまう。

ふうふう言いながら歩いていると、

「さゆきちゃーん」

後ろからテツの声。

この寒いのに汗までかいて、テツがせっせか走ってきた。

「さゆきちゃんもこっちから来たんだ。さっき大西先生にきいたよ。高校合格、おめでとう」

「あたしもママにきいた。合格おめでとう」

あたしたちは顔を見あわせてヘラヘラ笑った。

ふたりならんで、ずぼずぼ歩きだす。

踏みだすほどに足の先が冷たくしびれていくけれど、合格発表のあとだけに、あたしたちはどちらもごきげんだった。

「四月からはこの道ともお別れだね」

「うん。電車通学だもんね、高校は」

「定期とか買っちゃうんだよね」

「そう、定期！　持ってみたかったんだ、あたし」

「さゆきちゃんとこの高校、制服はどんなの？」

「すっごくかわいいブレザー。上はふつうの紺色だけど、スカートがプリーツのチェックで、スカーフもすごくおしゃれなの」

「よかったね」

「うん、もうそれだけで高校生活は勝ったも同然って気がする。テツんとこの制服は？」

「んー。なんか地味な灰色っぽい上下だったと思うけど」

「先が思いやられるね」

「そうかな。でも、ぼくは楽しみだよ。高校生になったら、今までよりももっと自由に、いろんなことができるようになるし」

　無邪気にときめいているテツの顔。

　いっしょにいるあたしにまでワクワクがのりうつってくる。

「あのね」

あたしはそっと打ちあけた。

「あたし、やりたいこと、できたの」

高校合格が決まったら、だれかに話そうと思っていたのだ。

「へえ。どんなこと？」

「ファストフードのお姉さん」

「ファストフード？」

「うん。あたしね、高校生になったら、ファストフードのお店でアルバイトするの。ほらあの、いらっしゃいませ、ってやつ。一回やってみたかったんだ」

「ふうん」

「もう、ばんばん売っちゃうよ。にこにこ笑ってね、お飲みものはいかがですか？　ポテトはいかがですか？　もうひとつハンバーガーはいかがですか？　って」

「もうひとつ？」

「うん。それでね、バイト料がたまったら、スキューバダイビングのライセンスをとるの。海のなかってどんなふうなのか見てみたくて」

「そう」

「高校の美術部にも入って、絵も描きたい。もっといっぱい、もっと上手に。パーマもかけたいし、明るい男女交際もしてみたい」

「……」

「あたし、テツや真ちゃんみたいに立派な夢はまだないけど、そういう小さなこと、ひとつひとつ楽しみながらやっていきたいの」

ちょっと照れながらささやいた、これが今のあたしの精一杯だ。

大きな夢はまだ見えない。

それはもう少し先のほう、もしかしたらずっと未来のほうにあって、あたしはまだ夢の見える場所まで行きついていない。

でも、あたしがあたしらしく年を重ねていったなら。

あたしのリズムを守りつづけたなら。

いつか必ず、あたしだけのなにかが見えてくると思う。

「小さなことを楽しみながら、か。さゆきちゃんらしくて、いいよ」

テツが言って、

「いいでしょう」

あたしは勝ちほこったように笑った。

「テツもがんばって、楽しい魚屋さんになってよね」

「うん」

ゴールまであと少しのところで、同時に足を止めた。

灰色の雲が流れさり、うっすらと顔を出した太陽があたしたちを照らしだす。

雪の上にも光がかぶさり、白一色だった世界が銀色に輝く。

あたしとテツは光の方向をあおいで目を細めた。

終章

新しい学校は海のそばにある。

入学式の日、四階の教室からはうっすらと海が見えること、そしてその海はきれいなブルーであることを発見したあたしは、それだけで「うん、幸先《さいさき》がいい」と満足した。

潮の香りを運ぶ風のなか、ひらひらと泳ぐように帰りの道を歩いた。

家に帰ると、ポストのなかにあたし宛ての手紙。

差出人は『藤井真治』。

あたしは大急ぎで部屋へ駆けこんだ。水色に変えたばかりの真新しいじゅうたんにぺたんと座りこみ、そうっと封を開く。

長い手紙だった。

あの筆不精の真ちゃんが、どうやってこんな手紙を書いたんだろうと、考えるだけでじんわりしてしまうような、長い長い手紙だった。

『親愛なるさゆきへ
高校入学おめでとう。

さゆきに手紙を書くのはひさしぶりだな。ひさしぶりなので気合いを入れて書く。

かなりいろいろと心配かけたようだが、おれは元気だ。

おやじやアニキからいろいろきいてた。さゆきも一時、かなりまわりのやつらに心配をかけてたようだな。

おれのせいという意見もあったが、おれのせいじゃなくて、おれのおかげだ。勉強してたんだろ。いいことじゃないか。

さゆきの心のなかでなにがあったのかわからない。

でも、激しく落ちこんで激しく立ちなおるのがさゆきのいいところだとおれは思うよ。

バンドが解散してから、おれもかなり激しく落ちこんでた。

人生の大きな落とし穴に落ちた気分だった。

はいあがれないような気分だった。

やたらとでかい穴だった。

おれはそんなにできた人間じゃないから、かなりイライラしたよ。性格も少しひねくれた。おまえは屈折したとか、いろんなやつらに大きなお世話のアドバイスを受けた。そんな最低の姿はさゆきに見せたくなかった。

そういうことだ。

おれはロッカーだから、かっこつける権利がある。演歌歌手じゃあるまいし、苦労話なんてウリにしてたまるか、だ。

「人生は試練の連続」だとか「社会は厳しい」だとかいうのは、生きてりゃだれだってわかることだから、わざわざ教えたり教えられたりすることじゃない。

それよりか、おれはさゆきやテツと「人生は楽しい」って話をしたかった。いつでもさ。

おやじにジャマされたけどな。

おやじがさゆきになにを言ったか知らない。人間、年をとると無神経になってくもんだから、かなりきついことも言ったんだろうな。まあ、けど、おれのおやじだから許してやろうではないか。

知ってるか？　さゆき。

おやじのやつ、新小岩の小汚ねえアパート引きはらうつもりみたいだぞ。今月の終わりには若菜町の家に帰るらしい。おふくろとの愛が復活したのか、病気のためのなりゆきか、よくわからん。

でも、おれはめでたいと思ってるよ。おやじとあんなに水いらずで過ごしたのはひさしぶりだって、おふくろがにこにこしてたから、それだけでもまあ、いいや。

話がずれたな。おやじとおふくろのことはやつらにまかせておこう。

おれはこれからどうするつもりかというと、夜間の高校を受験してみるつもりだった。林田さんに会いに行ったのも、夜学ってどんなもんかききたかったから。

林田さんは高校も大学も夜間部で、働きながら通ってたらしい。いろいろ教えてくれたよ。

でも、やめた。おれがほしいのは学歴じゃないし。

音楽やってるうちに、いろんな人と会ってるうちに、おれももっといろんなことが知りたくなったんだ。

でも、そういう勉強だったら高校に行かなくてもできるって気がついた。

今、いろんな本を読みまくってるよ。宇宙科学の本とか、進化論の本とか、歴史小説とかな。みんなおもしろいよ。

中卒とゆーだけで変な顔をするやつらに、いつかダーウィンとウォレスの関係かなんかを語って、びっくりさせてやりたい。ばからしい考えだろ。でも、やりたいもんは、やりたい。

一番めにやりたいのは、もちろんバンドだ。一人だって歌おうと思えば歌えるけど、おれはやっぱりバンドが好きだから。たまんなく、好きだからさ。

今は曲を作ってる。バンドの再結成にむけて活動もはじめたよ。音楽の趣味とか指向がぴたっとくる仲間ってなかなかいないから、本格的な再開はいつになるかわかんないけどな。

先のことは常にわからない。はかりしれない。おれの想像力でもまかなえない。でもおれ、またバンドで歌うためだったらなんだってする。

やりたくねーこともする。きついバイトも平気だ。めしが食えなくても我慢できる。なんだって歓迎してやる。

と思えるくらいにおれは立ちなおった。

そこでさゆきに手紙を書くことにしたわけだ。

しかし長い手紙になったもんだ。

うでがだるい。字も乱れてきた。

なにを書こうとしてたんだか、かなり忘れてる。

そうだ、そうだ。

さゆき、おまえのリズムはだいじょうぶか？

やりたいことは見つかったか？
勉強もいいけど、本当に大切なのはそういうことだぞ。
自分の人生をだれにもジャマされるな。
五月になったら若菜町に遊びにいく。
さゆきの誕生日パーティーをしよう。
テツと三人で楽しい話に花を咲かせよう。
たくさん咲かせよう。
じゃーな。
みんなによろしく。
愛していると伝えてくれ。

親愛なる真治より』

解　説――それぞれのリズム

加藤　千恵

わたしにとって「リズム」は、とても思い出深い作品だ。

初めて読んだのは、約二十年前、中学生のときだった。夢中でページをめくったように記憶している。

ただし、思い出深いと言いながらも、かなりの年月が流れたことにより、肝心の内容を失念してしまっていた。この解説のお話をいただいてから、本棚のどこかに潜んでいるはずの、かつての単行本を探したが、ついに見つけ出すことができなかった。

記憶の糸をたどる。確か、音楽が関連していたはずだ。バンドをやっていた女の子が主人公なんだっけ。隣の家に住む幼なじみの男の子が登場した気がする。

そして初めてのような気持ちで、改めて読んだ本作は、とにかくおもしろかった。こんなにも単純でバカみたいな表現になってしまうのは申し訳ないような気もするのだが、本当におもしろかったのだから仕方ない。

物語が始まってすぐに、忘れていた記憶の蓋《ふた》が開き、懐かしい友だちに再会したかのように興奮した。主人公である中学一年生のさゆきを、中学生のわたしは確かに、身近な友だちのように感じていた。いや、友だちどころか、どこか自分自身を投影していたのかもしれない。境遇はまるで違うはずなのに、なぜか同じものを感じていた。つまらない大人にはなりたくなくて、時の流れによって変化してしまうものが怖くて。

自分の記憶力の悪さに嫌気がさしつつも（さゆきはバンドをやっていないし、いとこの真ちゃんは隣の家には住んでいない）、やっぱり夢中になって読み進め、そのうちに、さゆきに思いきり感情移入している自分に気づく。

年齢が同じくらいだったり、似たようなことを考えたりしているからという理由だけではなかった。さゆきの両親や真ちゃんの両親の年齢のほうが、よっぽど近いというのに、彼らの意見に全面的に賛成できない。わかるけど、でも、と思ってしまう。これではすっかりさゆきと同じだ。娘でもおかしくないような年齢のお姉ちゃんにすら、反抗してしまいそうな自分に苦笑する。自分がそうだから言うわけではないけれど、さゆきは、老若男女問わず、誰もがシンクロしてしまうような力を持った主人公ではないだろうか。

だからといって、さゆき以外の人たちが魅力的じゃないというわけではない。むしろ逆だ。少ししか登場しない人であっても、彼らには温度がある。単なる通りすがりではなくて、それぞれがきちんと生活しているのだと思わせるリアリティーがある。

そして夢中になって読んでしまうのは、物語のおもしろさそのものはもちろん、文章のリズムにもある。リズミカルでありながら、さらりとしていて読みやすく、水を吸収するように、身体にどんどん入っていく感覚がある。タイトルの由来は別のところにあるのだとわかってはいるが、この文章のリズムの良さも、ひょっとして関係あるのかもしれない、なんてつい思ってしまう。

そして時おり、指を止めてしまうほど印象的な一節が挟みこまれる。

【ママには悪いけど、あたし、今はいい高校よりも海に行きたい。】

【あたしたちはみんなもう二度と、あのころのようにはもどれない。】

引用していけばキリがないほど、そこかしこにちりばめられている魅力的な一節は、あらゆる物事の本質をついている。さゆきが日々悩む、学校や勉強といったものから遠ざかった人間が読んでも、ハッとしてしまうほど。

「リズム」の続編となっている、「ゴールド・フィッシュ」においてもそれは同様だ。読みやすさについページを繰る手を急《せ》いてしまうが、ドキッとするような、油断できない文章が潜んでいたりもするのだ。この作品は、児童文学というジャンルであるが、読者としてふさわしいのは、けして児童だけではない。児童だけが読むなんて、もったいない。

時間は流れつづけるし、変わらないものなんてない。それは時に残酷なほど悲しいけれど、まぎれもない事実だ。

「リズム」でも「ゴールド・フィッシュ」でも、さゆきは身近な人からプレゼントをもらう。どちらも宝物と呼ぶにふさわしいようなものだ。プレゼントの主が異なっているのは、さゆきの境遇の変化であると同時に、本人の気持ちの変化でもあるのだろう。変わるのを恐れていたさゆき自身が変わっていき、それをしっかりと受け止めている。なんて美しい成長なのだろうか。

中学生のさゆきにある成長は、とっくに大人になったわたしたちにだってあるのだと思う。同時に、変わらずにあるものも。どちらの大切さも、本作は充分に伝えてくれている。

冒頭で「リズム」が思い出深いと書いたのは、単に愛読書だったからというだけではない。実は中学生のわたしは、「リズム」の読書感想文を書き、それが北海道内のコンクールで小さな賞をいただいたりもしたのだ。

当時の読書感想文が残っていないかと探してみたが、かつての単行本同様、見つけることは叶《かな》わなかった（もっとも感想文のほうは処分してしまっている可能性も大きい）。

ひょっとしたら当時書いたもののほうが、本作の魅力を表現できていたのではないだろうか、という恐ろしい疑問も抱えつつ、こうして解説を書かせていただけたことについて、深く感謝すると同時に、さまざまなことを思う。

　数十年生きてきて、この場所が、真ちゃんの夢が簡単に叶うような世界ではないことを知っているけれど、二十年前に読書感想文を書いた本の解説を書かせてもらうようなことが、実際に起こったりもする。ものすごく個人的だし、奇跡と呼べるほどではないかもしれないけれど、いつかもし、さゆきに会えたなら、わたしはこのことを話したい。

本書は、二〇〇九年六月に刊行された角川文庫版『リズム』
『ゴールド・フィッシュ』を底本に、合本したものです。

リズム／ゴールド・フィッシュ

森《もり》 絵《え》都《と》

平成31年 2月25日　初版発行
令和7年 3月15日　9版発行

発行者●山下直久

発行●株式会社KADOKAWA
〒102-8177　東京都千代田区富士見2-13-3
電話　0570-002-301（ナビダイヤル）

角川文庫 21444

印刷所●株式会社KADOKAWA
製本所●株式会社KADOKAWA

表紙画●和田三造

ISBN 978-4-04-107528-9　C0193

角川文庫発刊に際して

角川源義

第二次世界大戦の敗北は、軍事力の敗北であった以上に、私たちの若い文化力の敗退であった。私たちの文化が戦争に対して如何に無力であり、単なるあだ花に過ぎなかったかを、私たちは身を以て体験し痛感した。西洋近代文化の摂取にとって、明治以後八十年の歳月は決して短かすぎたとは言えない。にもかかわらず、近代文化の伝統を確立し、自由な批判と柔軟な良識に富む文化層として自らを形成することに私たちは失敗して来た。そしてこれは、各層への文化の普及滲透を任務とする出版人の責任でもあった。

一九四五年以来、私たちは再び振出しに戻り、第一歩から踏み出すことを余儀なくされた。これは大きな不幸ではあるが、反面、これまでの混沌・未熟・歪曲の中にあった我が国の文化に秩序と確たる基礎を齎らすためには絶好の機会でもある。角川書店は、このような祖国の文化的危機にあたり、微力をも顧みず再建の礎石たるべき抱負と決意とをもって出発したが、ここに創立以来の念願を果すべく角川文庫を発刊する。これまで刊行されたあらゆる全集叢書文庫類の長所と短所とを検討し、古今東西の不朽の典籍を、良心的編集のもとに、廉価に、そして書架にふさわしい美本として、多くのひとびとに提供しようとする。しかし私たちは徒らに百科全書的な知識のジレッタントを作ることを目的とせず、あくまで祖国の文化に秩序と再建への道を示し、この文庫を角川書店の栄ある事業として、今後永久に継続発展せしめ、学芸と教養との殿堂として大成せんことを期したい。多くの読書子の愛情ある忠言と支持とによって、この希望と抱負とを完遂せしめられんことを願う。

一九四九年五月三日